LAYAMON

Erepheus

LAYAMON

Erzählungen

Bibliografische Information der Deutschen Nationalbibliothek
Die Deutsche Nationalbibliothek verzeichnet diese Publikation
in der Deutschen Nationalbibliografie; detaillierte bibliografische
Daten sind im Internet über http://dnb.d-nb.de abrufbar.

Layout: Holger Warschkow
Illustrationen: pixabay.com (Bearbeitung: Holger Warschkow)
Korrektorat: Christian Ziegler

Herstellung und Verlag:
BOD – Books on Demand, Norderstedt

ISBN: 9783746029368

Inhalt

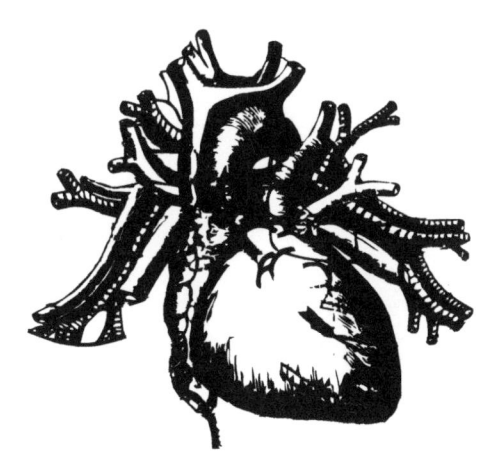

ÜBER STEINIGEN GRUND

Das erste Bild
Verwitterung

Als Gott den umherirrenden Menschen nach Jahren in der Wüste eine einfache Ordnung gab, bediente er sich zweier Tafeln aus Stein. Denn Steine sind für uns der adäquate Ausdruck seines ewigen Willens. Er legte sie vertrauensvoll in Moses Hände und später, als dieser gestorben war, in die Arme seines Volkes. Doch er hätte es besser wissen sollen. Durch Plagen, Kriege, Dekadenz und Massaker, über Pest, Inquisition, Sklaverei und Hunger erreichten sie uns. Und wir nutzen die Steine, um uns die Köpfe einzuschlagen. Bis sie endlich so weich sind, dass unsere Herzen versteinern müssen. Sie werden hart wie Hass, argwöhnisch wie die Angst und füllen sich voll mit Vorurteil und Zweifel.

Kurz: wir verweichlichten äußerlich und verhärteten innerlich. Oder im Bild: unsere Herzen gleichen einem Hühnergott in einer Puddingschüssel. Man kann sie nicht sehen, aber wenn man nur etwas schüttelt, sind sie hart und deutlich zu hören.

Als Schriftsteller habe ich mich stets auf die Suche nach den Ausnahmen gemacht, habe lange Zeit Menschen aus verschiedenen Kulturen beobachtet und doch immer wieder das gleiche Leiden finden müssen. Bis ich einmal mit dem Zug von Köln nach Aachen fuhr und einem jungen Mann begegnete, von dem ich glaubte, er könnte noch ein lebendiger Stein sein, ein sprechendes Herz besitzen.

Der Zug hatte damals Verspätung und es ist bei Weitem keine Kleinigkeit, dass ich diesen Umstand vor allen anderen erwähne. Denn er war der Katalysator, der die Geschichte in Gang brachte.

Da war zunächst das dumpfe Tatum der Gleise. Dem rhythmischen Geräusch entsprachen kleine Stöße, die von wiegenden Seitwärtsbewegungen abgefedert wurden. Die Personen im Abteil erlitten das Rütteln synchron. Nur wenn einer auf dem Gang weglief, erreichte es ihn in der Zeit versetzt. Von draußen oder von einem himmlischen Beobachtungspunkt aus hätte unser kollektives Schaukeln lächerlich, unter Umständen, wenn der himmlische Beobachter gutmütig gewesen wäre, auch musikalisch wirken können. Mir kam es aber störend und unangenehm vor.

Denn ich hatte, als ich in Köln einstieg, nur noch einen Platz entgegen der Fahrtrichtung gefunden. Und der Nachteil daran ist, dass ich so nicht lesen kann. Mir würde schwindlig und übel. Also war ich gezwungen, die Stunde bis Aachen auf andere Weise zu verbringen. Und in solchen Fällen schlief ich gern oder döste ein bisschen vor mich hin und träumte von manchen Plänen, die ich hatte. Ich versuchte es mehrfach, aber das hartnäckige Rütteln und Schlingern der Bahn verhinderte es, indem es alle meine Träume durcheinanderwarf. Am Ende blieb mir nichts übrig, als vorsichtig einen Blick auf die Leute zu werfen, die mit mir reisten.

Neben mir saß eine Frau um die Vierzig, in der ich eine Geschäftsfrau zu erkennen glaubte. Ihre Wangen waren mit Rouge gefärbt, was ihr eine ferienhafte Gesundheit verlieh. Die Lippen hatte sie dunkelrot, die Brauen schwarz nachgezogen. Ihre Haare waren an den Schläfen da, wo die Bügel der Brille saßen, leicht ergraut und sonst sehr blond. Sie trug Ohrringe, eine Kette, Ringe und eine Uhr: alles aus Gold. Das Kostüm, das sie kleidete und durch dessen Fasern der starke weibliche Geruch ihres Deodorants drang, war weiß und schwarz. Obwohl auch sie entgegen der Fahrtrichtung saß, hielt sie sich die ganze Zeit über ihren Laptop gebeugt und schien nichts anderes als dessen abgedunkelten Bildschirm wahrzunehmen.

Zu ihrer Linken vermutete ich die eigentliche Ursache für ihre Konzentration. Denn dort saß ihr Antipode: männlich, dick und ungepflegt. Der runde Mann besaß ein mächtiges Doppelkinn, einen Dreitagebart und gelb verfärbte Finger. Er sprach ohne Unterlass mit jedem, der ihn ansah oder auch nur zufällig einen Blick in seine Richtung warf.

„Wohin wolln Sie?", fragte er mich und wollte es gar nicht wissen. Denn ohne Pause sprach er gleich weiter: „Ich besuch meine Schwester und ihrn Mann in Baal. Sie ham sich eine neue Schrankwand gekauft und wolln nun, dass ich ihnen helf, die alte zu entsorgen. Als wenn man mich nur deshalb anrufn kann! Ich hab zu meiner Schwester gesagt, Lieschen, hab ich gesagt, so wird das nix. Seit Februar hab ich mein Telefon wieder und du rufst nich ein einziges Mal bei mir an? Bloß wenn du einen brauchst, der dir die Möbel runterträgt, bin ich fein genug für deine Gesellschaft! Na, Sie könn sich ja denkn, wie sie da die Ohrn angelegt hat...“ Dabei wackelte er mit seinem Doppelkinn wie ein kauendes Kamel. Mir schoss der Gedanke durch den Kopf, ich könnte den Redefluss genauso leicht beenden, wie ich ihn heraufbeschworen hatte, indem ich mich wieder zurücklehnte. Und tat es. Der Mann war überrascht wie ein Kleinkind, das, wenn ein Gegenstand hinter einem anderen verschwindet, meint, er habe sich in Luft aufgelöst, und blickte, weil er mich plötzlich aus den Augen verloren hatte, nervös um sich, während er deutlich langsamer und leiser weitersprach.

Die schüchterne Frau, die auf der gegenüberliegenden Bank direkt am Fenster saß, hatte sicherlich bloß wegen dieser Veränderung aufgeschaut und ging dem Sprachartisten augenblicklich in die Falle. Er redete jetzt zu ihr, als hätte es mich nie gegeben: „Sie hat sich natürlich entschuldigt und mir dies und das erklärt, warum es nich eher möglich war, sich bei mir zu meldn und so weiter. Aber ich hab mich doch noch ein bisschen bittn lassen und nich gleich zugesagt, dass ich komm würd..."

Ich dachte eitel, dass sich die schüchterne Frau gewiss nicht so kühn aus den reißenden Fluten des verbalen Sturzbachs befreien würde. Sie saß in einem mausgrauen Rock und einer beigefarbenen Strickjacke, mit ordentlich und streng zu einem Zopf gebundenen Haaren oben und unten mit brav nebeneinander gestellten Füßen in schwarzen Lackschuhen da und hörte widerwillig zu. In Gedanken brachte sie den Dicken bestimmt gerade um. Eine braune Handtasche hatte sie zwischen sich und die Fensterwand in Sicherheit gebracht, ihre Hände lagen reglos im Schoß. Gerade nickte sie mit säuerlich verzogenem Mund. Da dachte ich noch, dass ich wegen ihrer Unehrlichkeit kein Mitleid empfinden konnte.

Mein Blick ging weiter und fasste das Paar neben ihr ins Auge: eine kleine, alte, weißhaarige Frau, die ein Kopftuch trug, und ihr kleiner, alter, weißhaariger Ehemann, der mit seinen Beinen einen hellbraunen Gehstock festhielt. Kastor und Pollux, in die Jahre gekommen. Sie blickten stumm aus dem Fenster, beide in die gleiche unermessliche Ferne, der wir entgegenrollten. Was sie dachten, war schwer zu erraten, denn die Blicke in ihren faltigen, grauen Gesichtern waren müde und ausdruckslos. Ich bildete mir dennoch ein, dass sie in dem, was sie sahen, das schwarze Loch erkannten, in das das Leben unausweichlich mündet.

„Denn hier habe ich das seltene Exemplar einer einzigen Puddingschüssel mit zwei Hühnergöttern vor mir", spöttelte ich und schämte mich nicht einmal meiner Boshaftigkeit.

Mir direkt gegenüber saß ein junger Mann in Schlips und Anzug und studierte die FAZ. Dass der Mann jung war und einen Schlips trug, wusste ich noch vom Hereinkommen, denn da hatte er kurz zu mir aufgeschaut. Seitdem hielt er sich hartnäckig hinter seiner Zeitung versteckt. Ich las nur die neuesten Meldungen: vereint gegen den Terror; Misshandlung bleibt ungesühnt; Lob für Bundeswehrreform; Wirtschaft stagniert.

Seine Finger waren feingliedrig und alle Nägel vorbildlich maniküfrt. An der rechten Hand trug er einen silbernen Ehering und aus den Ärmelenden seines Jacketts schaute das Weiß des Hemdes hervor. Die Beine lagen übereinander und der linke, in die Mitte des Abteils hineinragende Schuh malte das Tatum als kleine Kreise in die Luft.

„Aber egal, was sie mit dir machen, es ist und bleibt nun mal deine Familie, nich wahr. Dagegen kannst du dich nich wehrn..."

Draußen fielen Blätter von den Obstbäumen, denn

über die sanften Hügel der Ville hatte sich der Herbst gebreitet. Der Himmel war so mausgrau wie der Rock der Unehrlichen und sein Anblick rief in mir die erinnerten Empfindungen eines kalten, nassen Herbsttags auf. „Wer jetzt kein Haus hat, baut sich keines mehr", sinnierte ich, als der Dicke plump dazwischenredete: „Deshalb hab ich zugesagt und nun", er klatschte hörbar in die Hände, „bin ich hier, in diesm Zug. Sie fragen sich vielleicht, warum ich nich über Mönchngladbach fahre, wo es doch so viel kürzer wär..." Die Schüchterne starrte ihn wütend an und ich dachte, dass in ihrem Blick tatsächlich diese Frage kochte, weil sie sich immer intensiver wünschte, der Mann hätte einen anderen Zug genommen.

„Nun, ich will es Ihnen sagen, Fräulein: der Zug hatte Verspätung!"

Und da war es endlich, das Signalwort. Es fuhr zischend in die Höhe und explodierte dort in hellen Farben und laut wie eine Silvesterrakete. Zu meinem geringen Erstaunen wirkte es prompt. In die Augen der Unehrlichen tropfte Munterkeit, Kastor und Pollux wandten die Köpfe und sogar der adrette junge Mann mit der FAZ knickte mithilfe des Zeigefingers eine Ecke herunter, um seinen Blick in den Raum gleiten zu lassen. Allein die emsige Geschäftsfrau tippte weiter an ihrem Protokoll und schnappte nicht nach dem Köder.

„Ja, da staunen Sie: Verspätung!", wiederholte der Mann triumphierend. Und als ich im Schutz der unverhofften Aufmerksamkeit, die ihm plötzlich in so großem Maß geschenkt wurde, dass er in Enthusiasmus geriet, noch einen vorsichtigen Blick riskierte, sah ich, dass links neben ihm eingeklemmt zwischen dem verbalen und dem landschaftlichen Vorbeifließen jemand saß, den ich vorhin übersehen hatte: ein junger Mann mit festem, ruhigem Gesicht; ein Soldat mit schwarzen Haaren, dichten, schwarzen Augenbrauen, einem kräftigen Knochenbau, einem männlichen Kinn. Er wirkte muskulös und die Haut in seinem Gesicht war weich und faltenlos. Ich lächelte bei dem Gedanken, dass ich ihn wegen seiner grünen Uniform vor der dahinrauschenden Landschaft nicht bemerkt hätte, aber das Lächeln traf schon nicht mehr den Soldaten, sondern wieder den Dicken, der in die Runde blickte.

„Verspätung", rief er zum dritten Mal aus, als hätten wir es noch immer nicht begriffen. Und dann machte er zum ersten Mal, seitdem er Mama und Papa sagen konnte, eine dramatische Pause. In diesem Moment nahm Kastor das Zepter in die derbe Hand und, weil der Wasserfall so etwas noch niemals erlebt hatte, starrte er mit offenen Augen und offenem Mund seinem abgeschnittenen Redefluss hinterher.

„Wir komm aus Hamburg", erklärte die alte Frau nadelspitz und legte besitzend eine fleckige Hand auf den Oberschenkel ihres Mannes. „Wir ham Verwandte in Lüttich. Vor drei Monatn hab ich persönlich unsre Fahrt gebucht und in jedem Zug zwei Plätze reserviert. In Bielefeld is dann plötzlich was an dem blödn Zug nich mehr in Ordnung und die Banausen von der Bahn hattn natürlich keine Ahnung, was. Is ja auch nich so, als hättn die das wissen solln, nich wahr. Bloß so'n paar Hanswürste saßen an den Schaltern und warn viel zu wenige für die vieln Menschen. Da hättn wir lange gewartet, um Hilfe zu kriegen! Eine geschlagne Stunde ham wir uns auf dem Bahnhof die Beine in den Bauch gestanden, bis endlich ein Ersatzzug bereitgestellt wurde!"

„Und das bei der Kälte", warf ihr Mann nickend in die Runde. Es klang wie ein schrumpeliger Schneeball oder irgendetwas Ähnliches, das man lieber nicht aufhebt und ansieht.

„Als wir endlich in Düsseldorf ankam, war der Anschlusszug natürlich längst auf und davon", setzte Kastor fort. „Über Köln musstn wir weiter und jetzt sitzen wir in diesem Abteil, das wir nich gewollt, und auf Plätzen, die wir nich reserviert ham."

Während die Alte ihre gehässige, hohe Stimme in den Raum hinausschrillte, war mir, als verwandelten sich die Menschen um mich herum. Langsam verloren sie ihre festen Konturen, begannen sich aufzulösen und auseinanderzulaufen wie Pudding. Wo sich ihr weiches Fleisch berührte, zischte und schmatzte es deutlich. Auch mussten sie sich an Krücken festhalten, die mir bislang nicht aufgefallen waren. Ach, Hühnergötter, hier wart ihr wieder!

Die Schüchterne meldete sich eifrig zu Wort und mir schien es, als sabberte sie, während sie sprach: „Ich fahre wöchentlich die Strecke von Köln nach Aachen und ich hab es mir inzwischen zur festen Gewohnheit gemacht, von vornherein eine Stunde später auf dem Bahnhof zu sein." Sie übertrieb, das musste jeder an der Art erkennen, wie sie mit halbgeschlossenen Lidern wegsah und atemlos Pausen machte, wo keine hingehörten. Wahrscheinlich war sie in ihrem ganzen Leben, wenn überhaupt, nur einmal zu spät gekommen und fand aus bloßer Unerfahrenheit, damit schon etwas in der Hand zu haben, was des Beitrags lohnte.

Doch der junge, unauffällige Soldat sprach plötzlich mit voller, schöner Stimme, ohne dass ihn dabei jemand ansah: „Dann hätten Sie heute aber den Zug verpasst." Aus diesem entlarvenden Satz konnte ich ein freundliches Lächeln heraushören. Die Unehrliche errötete bis an die Haarwurzeln und wandte den Blick abrupt aus dem Fenster. Die beiden Alten wechselten einen irritierten Blick und der Dicke räusperte sich für einen neuen, zänkischen Anlauf. Da machte der FAZ-Leser einen heldenhaften Versuch, den Fauxpas des Soldaten zu überspielen.

„Natürlich", sagte er, „die junge Frau wird wohl einmal Glück gehabt haben. Wo der Zufall regiert, soll das mitunter passieren, wenngleich es im Fall der Bahn doch wohl eher selten ist. Wie Sie", und hier warf er der Schüchternen einen anzüglichen Blick hin, „sollte es jeder machen, denn das würde die Wartezeit wenigstens um eine Stunde verkürzen."

Die beiden Alten nickten so schwungvoll, dass ich Angst bekam, sie würden ihre Köpfe verlieren. Die Schüchterne ruckte mit den Schultern, als würden ihr wohlige Schauer der Dankbarkeit über den Rücken laufen.

Da rutschte der Soldat auf seinem Sitz nach vorn, stützte die Hände auf die Knie, sah uns alle der Reihe nach lächelnd an und sagte freundlich und ruhig: „Ja, aber wenn sich dieser Zug heute nicht um eine halbe Stunde verspätet hätte, hätten Sie auch diesen Anschluss verpasst und würden tatsächlich erst morgen in Baal, Aachen und Lüttich ankommen." Ich spürte deutlich, dass er dachte, er könnte mit seiner Bemerkung bei den Mitreisenden so etwas wie Großzügigkeit wecken, einen Blick für das Glück im Unglück. Er wusste wohl nicht, wie sehr Tratschen und Zetern befriedigt und dass ein hartherziger Haufen am allerwenigsten nach Beruhigung sucht. Zuletzt blickte er den FAZ-Leser direkt an und sein naives Lächeln, das ein wenig ins Weise spielte, passte gar nicht zu seinem Alter. „Oder sehen Sie das anders?"

Im Gegensatz zu den Mitreisenden war der Soldat nicht geschrumpft und auch nicht auseinandergefallen. Er besaß noch immer den muskulösen Körper und die markanten Gesichtszüge. Statt Krücken hielt seine linke Hand nur das Knie fest und seine rechte öffnete sich einladend nach oben, als erhielte er so sein tägliches Brot.

Aber natürlich nahmen sie es ihm krumm. Die beiden Alten fühlten sich gemaßregelt und bekamen steinharte Gesichter. Der Dicke schüttelte sein Kamelkinn über die Unhöflichkeit des Soldaten und die Schüchterne starrte wieder beleidigt aus dem Fenster. Die Geschäftsfrau schrieb eisern an einer Beschwerde oder was auch immer.

Da knisterte es vernehmlich im Lautsprecher und der Schaffner erklärte ganz ohne Ironie: „Nächster Halt Düren. Ausstieg in Fahrtrichtung rechts." Der FAZ-Leser faltete seine Informationsmauer zusammen, erhob sich elegant, trat auf den Gang und blickte erst von dort noch einmal zurück in die überraschten Augen des Uniformierten. Mit einem angewiderten Blick, als trüge der Soldat persönlich daran schuld, dass die Welt so schlecht eingerichtet war.

Und dann sah auch die Geschäftsfrau kurz in die

gleiche Richtung, wie man von einem hohen Turm erschauernd hinab in die Tiefe sieht.

Der Soldat erstarrte zur Salzsäule. „Was habe ich gesagt?", flüsterte er, ohne die Lippen zu bewegen. Er suchte nach offenen Augen, die ihm Antwort geben konnten, fand aber nur meine. Ich zuckte mit den Schultern und er fiel in seinen Sitz zurück. Er, der Gemeinschaft stiften wollte, hatte sie entzweit. Das traf ihn tatsächlich. Er zog die Beine unter seinen Sitz und starrte hinaus auf die trostlosen Hügel der Ville.

„Armer Soldat", dachte ich mitleidig, „du scheinst ein besseres Herz zu haben und weißt es doch genauso wenig zu gebrauchen, wie die anderen." Dann kam mir in den Sinn, dass er es ja noch lernen könnte, und im gleichen Moment wurde ich von einer heißen Welle der Freude erfüllt. Ich ließ mich von ihr mitreißen und begann zu glauben, dass dieser junge Mann ein lebendiger Stein wäre. Dass ich endlich den Einen unter Tausenden gefunden hätte, der noch den Wert des Lebens kennt und schätzt.

„Aber warum ist er dann Soldat geworden?", fragte ich mich wieder ernsthafter und an dem Glück zweifelnd, das ich verspürte. Denn oft sind es ganz gegensätzliche Gefühle, die im Durcheinander der Freude zusammengeraten. „Oder irre ich mich, was diesen Berufsstand betrifft?"

Mehr Fragen und Gedanken stürzten auf mich ein

und verließen mein Bewusstsein gleich wieder. Denn zu groß war ihre Zahl. Sie stießen und schoben sich gegenseitig vor meinem inneren Auge hin und her. Mal glaubte ich, den einen fassen zu können, dann war es wieder ein anderer, der sich mir für einen Moment aufdrängte. So viel Freude und Aufregung hatte ich lange nicht verspürt und ich fühlte zuletzt mehr intuitiv als von einer Überlegung geleitet, dass ich den Soldaten nun nicht mehr allein lassen durfte. Plötzlich waren mir die Augen geöffnet worden und ich hatte einen lebendigen Stein gefunden. Wie hätte ich da meine eigennützige Reise fortsetzen dürfen? Also beschloss ich, den Soldaten von nun an zu begleiten, sein Chronist zu sein, ungesehen und alles schauend.

Das zweite Bild
Beförderung

Er hieß Martin Lewenkühn, stammte aus dem Hessischen, war vierundzwanzig und hatte gerade seine Ausbildung zum Jagdflieger mit sehr guten Noten beendet. Der Kommodore Oberst des Jagdbombergeschwaders 38 hatte in der schriftlichen Bewertung unter anderem vermerkt, dass Hauptmann Lewenkühn ausgezeichnete Fähigkeiten beim anspruchsvollen Tiefstflug besitze. Er sei in der Lage, so der

Oberst, unter schlechtesten Wetterbedingungen eine ausgewiesene Flughöhe zu halten. Für meine Zwecke bedeutete das, dass es Lewenkühn gewohnt war, die in ihn gesetzten Erwartungen zu erfüllen. Er hatte sich für die Unteroffizierslaufbahn beworben. Die Entscheidung war ihm nicht schwergefallen, hatte sozusagen in seinem Naturell gelegen, in dem es, wer weiß wieso, von Gedanken über Verantwortung und so weiter wimmelte. In seiner linken Hemdtasche steckte der Versetzungsbescheid. Das neue Geschwader war in Bad Sifismus stationiert und testete seit geraumer Zeit den besten Jagdbomber, den die NATO zu bieten hatte: eine Livingstone.

Die Ausbildung zum Piloten hatte Lewenkühn auf deren Vorgängerin, einer Tornado, absolviert. Inzwischen hatten die Engländer diesen Typ jedoch weiterentwickelt, hatten die beiden Mantelstromtriebwerke auf 8.200 kPa Trockenschub und 14.200 kPa Schub mit Nachbrenner maximiert, hatten das Leergewicht auf 13.500 kg und die Spannweite auf 13,15 m abgespeckt, sowie die Waffenzuladung – eine 27-mm-Bordkanone und je vier Lenkwaffen Sky Flash und AIM-9 – auf insgesamt 8,4 t erhöht. Damit erreichte die Livingstone 1,4 Mach in Meereshöhe und 2,4 Mach Höchstgeschwindigkeit.

Eine solche Maschine zu fliegen, bedeutet für einen Piloten etwa das Gleiche, was für einen Briefmarkensammler die Blaue Mauritius und für den Fußball-fan eine Eintrittskarte zum Weltmeisterschaftsfinale ist. Lewenkühn befand sich daher in einer grundzufriedenen Seelenverfassung, als sich der unglückliche Wortwechsel ereignete. Sein jagdfliegerischer Erfolg musste die Welt in ein so vorteilhaftes Licht gerückt haben, dass es kaum anzunehmen war, er hätte sich vorstellen können, wie jemanden eine lächerliche Verspätung derart böse machte. Seine Einmischung und sein deutlicher Wunsch nach Verständnis müssen auch unter dieser Perspektive betrachtet werden. Dass der FAZ-Leser plötzlich das Feld räumte, machte Lewenkühn während der restlichen Fahrt jedenfalls umso betroffener.

Als aber der Zug sein Tatum verlangsamte und quietschend auf dem Bahnsteig Langerwehe hielt, als Lewenkühn sich erhob, sein Käppi aufsetzte, seine Tasche schulterte, an mir vorbeiging und die Weiterreisenden zum Abschied höflich grüßte – ich war der Einzige, der ihm mit einem kurzen Nicken antwortete – erkannte ich wieder seine kräftige, durchtrainierte, hoffnungtragende Gestalt und verglich sie automatisch etwas wehmütig mit meinem eigenen vernachlässigten Körper. Ich schätzte ihn auf 1,80 m und seine breiten Schultern schienen das augenfällige Gewicht der Reisetasche kaum zu spüren. Er zwängte sich durch die winzige Abteiltür und trat auf den engen Gang hinaus. Ich sah, dass er dort tief durchatmete, bevor er der Wagentür zustrebte. Da hätte ich ihm beinah freundschaftlich auf die freie Schulter geklopft.

Draußen war der kalte Geruch nach Herbst das erste, was Lewenkühn auffiel. Der Himmel war steingrau und der Wind wehte ihm frisch ins Gesicht. Er fühlte die Kälte und Nässe, die den Boden und die Luft durchdrangen, wie das Eintauchen in einen klaren Bergsee. Und er hörte schräg über sich die Nebelkrähen, die nach unvorsichtigen Mäusen und Insekten Ausschau hielten. Er blickte auf und schloss für einen Moment die Augen.

Mit schweren Schritten – so schwer, weil er ja die Tasche trug – lief er auf das backsteingelbe Bahnhofsgebäude zu. Die Glastür zog sich automatisch vor ihm auf und schloss sich wieder, nachdem er eingetreten war. Drinnen wandte er sich nach rechts und kam an einer Gruppe Jungen vorbei, die im Kreis standen und flüsterten, als heckten sie etwas Verbotenes aus. Sie waren zu siebt und höchstens vierzehn Jahre alt. Einer von ihnen erwiderte offen Lewenkühns Blick. Dieser Junge hatte blonde Haare, eine hohe und breite Stirn, grüne Augen und verblassende Sommersprossen auf der Nase. Die Kieferknochen bogen sich in einer klaren Linie zu den leicht abstehenden Ohren hin. Seine schmalen, hellroten Lippen lächelten nicht. Er starrte nur genauso, wie Lewenkühn auch starrte: mit Überraschung und Neugier. Vielleicht sogar mit Erkennen, wie ich es dachte, als ich die beiden so sah. Dann war Lewenkühn vorüber und der Junge senkte den Kopf.

Vor dem Bahnhof befanden sich drei Bushaltestellen. Der frostige Herbstwind, der auf dem großen Platz ungestört hin- und herfahren konnte, hatte die gelben Blätter auf der regennassen Straße, die verbogenen Informationstafeln an den Haltemasten und selbst noch die graue Luft in Linie gekämmt. Außerdem war hier bis auf Lewenkühn kein einziger Mensch zu sehen, gab es in der Nähe keine Wohnhäuser und fand nicht einmal ein vorbeifahrendes Auto seinen Weg hierher, geschweige denn einen ausreichenden Grund zum Parken. Der Platz war von Birken und Mauern flankiert. Die Mauern waren alt und verloren Putz. Irgendwo bellte ein Hund. Die Birken rauschten, ihre langen, dünnen Zweige schwankten und zitterten. In Haufen warfen sie kleine Blätter an die Erde und der Wind trieb sie hoch und auseinander, verteilte sie wie die Aussaat seines Triumphs.

Lewenkühn stapfte von Haltestelle zu Haltestelle und studierte die Fahrpläne. Als er einen Bus gefunden und dessen Abfahrtszeit mit seiner Armbanduhr verglichen hatte, setzte er sich auf die Bank und stellte die große Reisetasche neben sich. Da begann es zu nieseln.

Lewenkühn zog eine Schachtel Luckies hervor, öffnete sie, entnahm ihr eine Zigarette und entzündete sie mit seinem Sturmfeuerzeug. Er verstaute die Schachtel wieder in der linken Brusttasche seiner Uniform, zupfte sie gerade und reckte sich. Zum Schluss atmete er feinen Rauch in die kalte, regengesprenkelte Herbstluft.

Die Zigarettenspitze war ein Lichtpunkt in dieser Ödnis, diesem Limbus. „Wie ein Leuchtfeuer", dachte ich. Da wandte sich Lewenkühn plötzlich um und schien erstaunt. Ich drehte mich ebenfalls und erblickte hinter mir den blonden Jungen mit den blassen Sommersprossen, wie er an einem Geländer lehnte und ohne Anzeichen der Scham zu Lewenkühn hinübersah. Wieder tauschten sie den gleichen erkennenden Blick und ich, der ich ohne gesehen zu werden zwischen ihnen stand, wanderte mehrmals mit den Augen auf dieser unsichtbaren Linie hin und her, bis ich mir schließlich ganz deplatziert vorkam. Als herrschte zwischen dem Mann und dem Kind eine Verbindung, die ich nicht berechtigt war zu verletzen. Als ich den Jungen so zum zweiten Mal sah, musste ich mir eingestehen, dass er hübsch war. In seinen Augen, die durch mich drangen wie Messer, lag ein intelligenter Glanz. Seine struppigen Haare weckten den Wunsch, sie zu glätten.

Als sich der Junge vom Geländer abstieß und einen Schritt in Lewenkühns Richtung machte, lächelte der Soldat wieder. Ohne den Blick von ihm zu wenden, lief der Junge an mir vorbei. Lewenkühn stellte seine Tasche unaufgefordert auf den Boden und der Junge setzte sich auf die trockene Fläche. Aber sie grüßten sich nicht. Lewenkühn rauchte stumm seine Zigarette und der Junge spielte mit den Füßen.

Ich fragte mich, was die beiden wohl denken mochten. Hatten sie sich vorher schon einmal gesehen? Kannten sie sich? Ich glaubte es nicht. Es schien mir aber möglich, dass Lewenkühn in der Begegnung mit dem Jungen wiederfand, was er bei der Diskussion im Zugabteil verloren hatte: unvoreingenommene Gemeinschaft. Denn ich sagte mir, dass ein Soldat ja an so etwas wie Gemeinschaft glauben und sogar bereit sein musste, dafür zu töten. Im Zug war sein Ansinnen kläglich gescheitert, dort hatte er die Gemeinschaft mit seiner provozierenden Naivität zerstört. Aber hier auf diesem kalten, einsamen Platz schloss der Junge vielleicht den entstandenen Riss, indem er sich dem Fremden ohne eine Frage und ohne einen Zweifel näherte.

Lewenkühn sah glücklich aus. Ein feines Lächeln lag auf seinen Mundwinkeln, er sah mit verklärtem Blick durch den Regen und die rauschenden Birken hindurch, ihm war warm, er zitterte nicht. Langsam zog er immer wieder an der Zigarette. Der Junge neben ihm wirkte gelangweilt. Er hatte sich zurückgelehnt und mit den Händen auf den Holmen der Bank aufgestützt. Die Beine bewegten sich ohne Unterlass und man konnte das kurze, regelmäßige Scharren der Sportschuhe auf den Steinplatten hören.

Dann mischte sich das Geräusch nasser Autoreifen auf Asphalt dazwischen und der Mann und das Kind erstarrten in ihren Bewegungen. Sie konnten das Dach des Busses von Weitem über den Mauern herankommen sehen und, als er endlich um die Ecke bog, warf Lewenkühn mit einer energischen Bewegung die Kippe in eine Pfütze. Dort zischte sie und der Junge beobachtete es.

Lewenkühn stand auf und griff nach der großen Reisetasche. Aus seiner, inzwischen auf Schultern und Brust nass gewordenen Uniform holte er ein kleines Dokument hervor, vielleicht einen Berechtigungsschein für die kostenfreie Benutzung der öffentlichen Verkehrsmittel. Dann hielt der Bus und der Soldat stieg ein.

Aber der Fahrer bemerkte ihn nicht.

Zumindest dachte ich das, weil ich Lewenkühn im Zug auch übersehen hatte.

Oder der Fahrer ignorierte ihn, denn er sah stur vor sich hin.

Lewenkühn räusperte sich und hielt seinen Ausweis

noch näher. Es erfolgte keine Reaktion. Da ging der Soldat dem Blick des Busfahrers nach. Er sah den Nieselregen, der vom Wind durcheinander gewirbelt wurde, sah die Blätter, sah die Birken und die Mauern, von denen der Putz abblätterte, sah das backsteingelbe Bahnhofsgebäude mit den automatischen Glastüren, das Geländer, an dem der Junge gelehnt hatte, und wusste nicht, was das alles bedeutete. Es gab ihm keine Antwort. Darum schüttelte er den Kopf und steckte den Ausweis wieder fort. Er ging unkontrolliert nach hinten und hörte das Geräusch des Luftdrucks, als sich die Bustür schloss.

Lewenkühn entschied sich für einen der hinteren Plätze. Aber, als er sich setzen wollte und schon Schwung genommen hatte, seine schwere Tasche von der Schulter zu heben, erkannte er auf der letzten Bank den Jungen wieder, wie er aus dem Fenster blickte. Sofort wanderten Lewenkühns Augen zu der Bank, auf der er eben noch mit dem Kind gesessen hatte, und tatsächlich: der Junge war dort verschwunden. Aber wie war es ihm gelungen, unbemerkt an Lewenkühn vorbeizukommen?

Lewenkühn setzte sich und schaute sich noch einmal verwundert nach dem Jungen um, als wollte er nicht glauben, was er sah. Oder als könnte er es nicht. Aber der Junge war so real wie die Reisetasche, die jetzt eine winzige Pfütze auf den Boden tropfte. So real wie der Ausweis, den er dem Busfahrer hingehalten hatte. Lewenkühn lächelte nicht mehr, sondern blickte gedankenverloren vor sich hin.

Der Bus verließ schaukelnd wie eine Brigg den Bahnhofsvorplatz, dröhnte eine lange von dünnen, kahlen Bäumchen gesäumte Straße hinauf und näherte sich nach einem unvermuteten Zwischenstopp an einer einsamen Haltestelle langsam der kleinen Stadt Bad Sifismus.

Ich möchte an dieser Stelle die Geschichte des Städtchens nicht in aller Ausführlichkeit abhandeln, aber ein paar wesentliche Umstände können nicht unerwähnt bleiben, um ein – wenn auch schwaches – Licht auf die Eigentümlichkeiten zu werfen, die Lewenkühn schon begegneten und noch begegnen werden.

Das kleine Wörtchen sif stammt vom gotischen silba her, was so viel wie selbst bedeutet. Fismus kommt nach dem Dafürhalten mancher Linguisten – zumindest soweit es das fis betrifft – vom lateinischen facere, machen. In der Kombination sif fismus oder sifismus kann es demnach als etwas selbst machen, sein eigener Herr sein, übersetzt werden. Diese Charakterisierung, so topisch und theoretisch sie auch ist, trifft in erstaunlichem Maß auf die Bewohner des Städtchens zu. Sie gelten als äußerst verschlossen, mürrisch und allem abgewandt, was von außen her verordnet wird.

Der Ort selbst wird erstmals im 16. Jahrhundert erwähnt und zwar in einer empörten Aktennotiz der Herzöge von Jülich, gegen die – man höre und staune – ein einfacher Bauer aus, wie es da noch hieß, Süffisen wegen irgendwelcher Zollbestimmungen Klage erhoben hatte. Dann wird der Ort wieder im Dreißigjährigen Krieg genannt, wo es in der Zülpicher Börde zu einer größeren Schlacht zwischen den in Aachen und Köln einsitzenden Katholen und den aus der Gegend um Kleve stammenden Protestanten kam. Schriftlich aufgesetzte Verwünschungen in den Archiven des Vatikans bestätigen den entscheidenden Anteil, den die – damals – Siffyser am Sieg der elenden Lutheraner besaßen. Es folgte eine ruhigere Zeit, bis die Preußen 1815 das ganze Land kauften und eine dieser verhassten, weil gesundheitsschädigenden Eisenbahnlinien quer durch den Ort planten. Aufgrund eines nie ganz aufgeklärten Skandals, der den Kronprinzen Friedrich Wilhelm IV. in eine recht heikle Situation brachte, wurde dieser Plan überraschenderweise – oder auch nicht – wieder fallengelassen und stattdessen eine Bahnlinie durch Kerpen gebaut. Siffisser beteiligten sich kurz danach, es war 1848, in der gesamten Rheinprovinz an mehreren Aufständen. Siffismer legten zwischen 1914 und 1917 mehrfach ihre Arbeit in großen Generalstreiks nieder und Sifismer versuchten Hitler zu entführen, als er die Herren Krupp und Siemens im Ruhrpott besuchte.

Dass die Bundeswehr in den 1960iger Jahren an eben diesem Ort eine Kaserne baute, in die sie einen Teil des Jagdbombergeschwaders 31 verlegte, ist also wenigstens aus historischer Perspektive unbegreiflich. Als Lewenkühn dort ankam, hatte der Kampf gegen das Militär in Bad Sifismus bereits Tradition. Auch auf sie will ich nicht im Einzelnen eingehen. Es sei nur gesagt, dass sich der Bau der Kaserne wegen immer wieder anfallender Pannen und Rechtsstreitigkeiten um Jahre hinaus verzögerte, dass es die Soldaten während ihres Ausgangs noch immer peinlich vermieden, nach Bad Sifismus zu fahren, und dass sie – was wirklich selten ist, weil eben nicht viel Geld gezahlt wird – lieber das wenige annahmen, statt bei ihren vielen Überstunden auf einen Freizeitausgleich zu bestehen.

Von all dem ahnte Lewenkühn nichts, als er im Bus saß und gedankenverloren vor sich hinblickte. In seinem Kopf gab es, nachdem die seltsame Figur des Busfahrers wieder daraus verschwunden war, nur die Livingstone und vielleicht den Jungen, der ihm zu folgen schien.

Sein verklärter Blick blieb an den verregneten Scheiben hängen, als der Bus durch die Straßen des Kurbads schaukelte. Er beugte sich näher heran, weil er hoffte, durch die Tropfen hindurch einen Blick auf die

Stadt zu erhaschen. Aber sein Atem war warm und die Scheibe beschlug sofort. Da wischte er den Nebel mit dem olivgrünen Ärmel beiseite und versuchte es ein zweites Mal. Wieder beschlug die Scheibe und wieder sah er noch weniger als zuvor. Da musste er sich mit den Schemen begnügen, die im Regen grau und einer fremden Geometrie gehorchend vorbeihuschten. Er hielt sie für Pfeiler und Gartentore, für ferne Kirchturmspitzen und Verkehrszeichen. Wenn dann der Bus hielt und die Schemen näherkamen, war er jedes Mal überrascht, dass es sich doch um Menschen gehandelt hatte. Da bewegten sich die Schatten, stiegen ein, bekamen Gesichter, Hände, Beine. Bezahlten vorn beim Fahrer, der plötzlich sehr freundlich war, und sahen ihn, Lewenkühn, verächtlich von der Seite her an. Sie grüßten ihn nicht und setzten sich auch nicht neben ihn, obwohl das hier doch eine kleine Stadt war, wo jeder jeden kannte und froh über Neuigkeiten sein musste.

Dann stiegen die meisten wieder aus, denn der Bus gelangte an die Grenzen von Bad Sifismus. Und als er am Ortsausgangsschild vorüber war, beschleunigte er röhrend. Lewenkühn konnte den auf dem Gaspedal niedergedrückten Fuß bis unter seinen Sitz spüren. Er richtete sich unwillkürlich auf und sah draußen ein kleines Wäldchen vorbeifliegen. Dann seufzte er, denn die Fahrt begann, ihn zu zermürben.

Er sah sich um und, weil der Junge immer noch dasaß und jetzt sogar wieder zurückschaute, lächelte er zum dritten Mal. Was er dabei dachte, war in seinem Gesicht offen zu lesen: „Alles wird gutgehen. Das Schweigen der Leute und ihre bösen Blicke haben nichts zu bedeuten. Wenn ich erst ein paar Tage hier bin, wird sich alles wenden." Vielleicht dachte er es auch nicht und ich wünschte es ihm nur. Aber das ist gleich. Denn, da ich mich entschlossen hatte, ihm zu folgen, mein Leben an das seine zu hängen, zählte ich sowieso nicht mehr.

Der Bus fuhr jetzt an einem Feld vorüber und, wenn man genau hinsah – vorausgesetzt man wusste, in welche Richtung – konnte man schon die Kaserne erkennen. Wie eine Festung hockte sie auf den gelben Stoppeln: schwarz und ein wenig schräg gegen den Himmel gestellt. Dunkler, fensterloser Blick. Ihre archaische Wirkung hatte ihr den Spitznamen Schanze eingetragen. Seitdem sie auf dem Feld stand, spielten die Kinder Schanzenbrennen, gingen die Erwachsenen Schanzengucken und machten die Soldaten jeden Morgen und Abend Schanzenrein.

Als Lewenkühn die Kaserne erkannte, gab er einen überraschten Laut von sich. Aber da war der Bus schon fast an der Haltestelle. Er hielt pfeifend und entließ Lewenkühn in den noch stärker gewordenen Regen.

Lewenkühn hatte, obwohl es Anfang Oktober war, mit besserem Wetter gerechnet und deshalb nur die Uniformjacke angezogen. Auch war er in Gedanken mit wichtigeren Dingen beschäftigt, als dass er nun seine Tasche geöffnet und eine Regenjacke herausgeholt hätte. Er war bereits auf dem Bahnhofsvorplatz nass geworden und wurde es jetzt noch mehr. Aber das störte ihn nicht, zumindest nicht so, wie es mich gestört hätte.

Er lief ein Stück weit die Straße hinauf, die zur Kaserne führte, und blieb dann stehen. Er betrachtete sie. Rechts lag der Hangar mit dem Kontrollturm und vor ihm die verschiedenen roten, gelben und grauen Gebäude, in denen er Büros, die Kantine und die Schlafräume vermutete. Links gab es einen Wachturm und dahinter konnte er die grünen und metallicgrauen Armeefahrzeuge ausmachen. Die ganze Kaserne war von einem zwei Meter hohen Eisenzaun auf einem Betonsockel umgeben.

Als er sich des Regens endlich bewusst wurde, dachte er wieder an den Jungen, denn er musste sich bei diesem Wetter um ihn sorgen, und drehte sich um. Aber der Junge war, anders als Lewenkühn vermutet hatte, nicht ausgestiegen. Und als er sich umschaute und vergeblich schaute, betrogen von der eigenen Sorge, klatschnass und allein, lag wieder die Enttäuschung in seinem Blick, die ich noch vom Zug her kannte: erneut hatte ihn jemand verlassen.

Ich sah diesen Blick und fühlte mich einmal mehr bestätigt. Denn wenn einer so schnell Zuneigung und Hoffnung fassen kann, dann muss er ein lebendiger Stein sein, der den Wert des Daseins kennt und schätzt. Lewenkühn scherte sich jedoch nicht um meinen neuerlichen Jubel, sondern stapfte ruhig durch den Regen auf die Kaserne zu.

Das dritte Bild
Ablagerung

Eine rotweiße Schranke versperrte den Eingang zur Kaserne. Vor und hinter ihr befanden sich Bodenwellen auf der Straße. Das Pförtnerhäuschen war hell erleuchtet und wirkte, wenn man draußen im Regen stand, wie eine Verheißung.

Lewenkühn sah drinnen drei Soldaten, die sich lebhaft miteinander unterhielten. Der eine saß und hob von Zeit zu Zeit eine Tasse an den Mund. Die beiden anderen standen, einer vor, einer hinter einem Tresen. Sie bewegten ihre Köpfe, lachten und traten hin und wieder von einem Bein aufs andere. Der Soldat vor dem Tresen sprach gestikulierend und der auf dem Stuhl beugte sich für jeden Schluck nach vorn. Sie trugen die Uniform der Hauptgefreiten und schienen aus der Entfernung in Lewenkühns Alter zu sein.

Augenblicklich zog es Lewenkühn in die Gemeinschaft dieser Männer. Er lief schneller, denn er wollte in die kleine Gruppe aufgenommen, in das hell erleuchtete Häuschen treten und als Kamerad erkannt werden. Er wollte angelächelt und mit einem Handschlag begrüßt werden. Er wollte, dass sie sagten: „Da bist du endlich! Wir haben dich schon erwartet." Oder dass sie ihm eine Tasse Kaffee in die Hand drückten, um ihre Zusammengehörigkeit zu besiegeln.

Also sprang er agil den kleinen Bordstein hinauf und öffnete die Tür, ohne vorher angeklopft zu haben. Der Soldat auf dem Stuhl, der sich gerade vorgebeugt hatte, vergaß seinen Schluck und hielt die Tasse wie versteinert in der Luft. Der Hauptgefreite hinter dem Tresen beendete nicht seinen Satz und der vor ihm drehte sich überrascht um. Es war offensichtlich, dass sie Lewenkühn nicht hatten kommen sehen und dass sie sein plötzlicher Auftritt überrumpelte. Er stellte lächelnd seine Tasche ab und sagte, als stünde er auf einer Bühne: „Hauptmann Martin Lewenkühn." Erst danach fiel die Tür hinter ihm ins Schloss. Sein Auftritt war so schnell vorübergegangen, dass nun wie am unerwarteten Ende eines Theaterstücks eine unangenehme Pause entstand.

„Der Neue", sagte der sitzende Soldat endlich und führte die Tasse an den Mund.

„Ich werde erwartet?", fragte Lewenkühn mit scherzhafter Ironie, aber niemand reagierte darauf.

Der Regen trommelte gegen die Scheiben und auf das Blechdach. Es war unglaublich laut oder unglaublich still, während der Soldat vor dem Tresen zur Seite trat und der dahinter sich räusperte und wiederholte: „Der Neue." Dann senkte er den Blick auf einen Stapel Papiere und wandte sich, weil er wohl dort nicht fand, was er suchte, einem Wandschrank zu.

„Ganz schön nass da draußen, was?", sagte dann der, der zur Seite getreten war, damit Lewenkühn am Tresen Platz hatte, und musterte seine Uniform.

Da fiel es auch Lewenkühn selbst auf, dass er am ganzen Körper tropfte, und er grinste. „Ich hab gedacht, den kurzen Weg von der Haltestelle würd ich noch schaffen. Sieht so aus, als hätt ich mich geirrt."

„Mein Name ist Reimann", sagte der andere und streckte Lewenkühn eine Hand hin, „Thomas." Lewenkühn nahm die Hand und schüttelte sie. Dann hatte der hinter dem Tresen die Papiere gefunden und kam wieder zu ihnen.

„Das ist Ihr Aufenthaltsschein", erklärte er überdeutlich. „Damit können Sie sich heute bis dreiundzwanzig null null in der Kaserne aufhalten. Sie unterschreiben hier und hier." Er deutete mit einem Finger die entsprechenden Stellen an und Lewenkühn schrieb. „Das Original bleibt bei mir, den Durchschlag bringen Sie umgehend in die Verwaltung. Dort erhalten Sie den neuen Truppenausweis und die neue Erkennungsmarke."

Lewenkühn streckte seine Hand nach dem Formular aus, doch der Soldat mit der präzisen Aussprache zog es unerwartet zurück.

„Ihre Papiere?", fragte er streng.

Lewenkühn verstand und fischte aus der nassen Hemdtasche den alten Truppenausweis und sein Versetzungsschreiben. Der andere betrachtete beides zufrieden und reichte ihm dann alles über den Tresen zurück.

„Wo befindet sich die Verwaltung?", fragte Lewenkühn, den der nüchterne Empfang ein bisschen eingeschüchtert hatte.

„Ach, lass mal", erbot sich Reimann, bevor ihm der Angesprochene antworten konnte, „ich bring ihn schon hin." Reimann zog eine Regenjacke an. Lewenkühn machte selbst keine Anstalten, die eigene Regenjacke aus seiner Tasche herauszusuchen. Er hielt es inzwischen wohl für unnütz.

Während sie über den Kasernenhof gingen, erklärte Reimann, welchen Zwecken die einzelnen Gebäude dienten, an denen sie vorbeikamen. Links standen sich zwei ockerfarbene Holzbaracken gegenüber. Ein gepflasterter Platz trennte sie, in einem Fenster gab es Blumen. Da war das Behandlungszimmer der Truppenärztin. Hinter den Baracken wuchsen Bäume und darunter parkten Autos. Auf der anderen Seite lag ein gelbes Haus, dessen Front sie anschaute. Es besaß zwei Stockwerke und, weil seine Tür geöffnet war, konnten sie im Vorbeigehen hineinblicken. Sie sahen einen dunklen Flur, eine Treppe, die nach oben führte, zwei Türen, die nach links und rechts abgingen und den ganz im Dunkeln liegenden Hinterausgang. Aus einem der angelehnten Fenster im oberen Stock hörten sie Männerstimmen. Dort waren die Duschen. Dann kamen wieder Baracken, diesmal grüne, und sie gingen auf eine zu.

„Hier geht's auf die Stuben", sagte Reimann grinsend und öffnete die Tür. Lewenkühn trat ein und schüttelte sich, Wasser perlte auf das blanke Linoleum. Sie standen in einem kleinen Vorraum, der bis auf das Schwarze Brett zur Linken völlig kahl war. Darauf konnte man „Willkommen im Club Oliv", Reimanns Namen und eine Notiz lesen, die ihn als Vertrauensperson für eine bestimmte Einheit auswies.

Von dem Vorraum gingen zwei Türrahmen ab, der eine auf einen Gang nach rechts, der andere auf einen Gang nach links. Reimann und Lewenkühn nahmen den rechten und kamen dort an einem leeren, aber unausgewaschenen Aschenbecher auf einem Fensterbrett vorbei. Lewenkühn erinnerte sich an seine Luckies und kramte sie im Laufen hervor. Dann öffnete er die Schachtel und sah, dass sie wohl nicht mehr zu gebrauchen waren. Er seufzte gerade, als sie eine Tür mit der Ziffer 12 erreichten und eintraten. Sie machten Licht, denn es war schon dunkel und der Raum leer.

„Mach's dir gemütlich", sagte Reimann und setzte sich auf einen der Stühle, „hier wirst du schlafen."

Der Raum war nicht größer als zwei Garagen. Zwei Doppelstockbetten, die unteren Matratzen bezogen, ein Tisch, drei Stühle, vier Spinde füllten ihn ganz aus. Über einem Waschbecken hing ein Spiegel auf weißen Fliesen, darunter standen Becher mit Zahnbürsten, lagen Kämme und Rasierzeug. Ein grüner, alter Eimer mit einem Deckel, der wie ein Taubenei gesprenkelt war, befand sich neben dem Waschbecken. Vor dem Fenster hing eine blasse Gardine, gerahmt von orangefarbenen Vorhängen. Lewenkühn kannte all das.

Er zögerte nicht, sich auszuziehen, und, während ihm Reimann genauso unbefangen dabei zusah, hing Lewenkühn die Kleider ordentlich über die Lehnen der zwei freien Stühle zum Trocknen auf. Beide schienen in ferne Gedanken versunken, als Reimann plötzlich sagte: „Sie schließen die Kaserne. Ich weiß überhaupt nicht, warum sie dich noch hierhergeschickt haben."

Lewenkühn, die Hose in der Hand, hielt inne. Die

Nachricht war so überraschend gekommen, dass er einzig zu einem ungläubigen Kräuseln der Stirn fähig war. Reimann verstand es nichtsdestoweniger und erwiderte: „Sie müssen doch jetzt überall sparen und unsere Kaserne ist nun einmal eine von denen, die nicht sehr beliebt sind."

„Was heißt, sie schließen die Kaserne?"

Reimann grunzte: „Aus, Schluss, game over. Sie machen die Schanze dicht und schicken uns wer weiß wohin."

„Sie schließen die Kaserne?" Lewenkühn beugte sich sogar etwas nach vorn, wie es alte Leute tun, wenn sie nicht richtig verstehen.

„Bist du schwerhörig, oder was? Das Ministerium hat heute seine neue Giftliste veröffentlicht und wir stehen da ganz oben drauf. Überall werden Kasernen geschlossen. Sag nicht, dass du das nicht weißt!"

„Ich hab nicht gedacht, dass sie wirklich beschließen würden, wieder Kasernen dicht zu machen. Wer soll denn dann das Land verteidigen, wenn wir nicht mehr da sind?"

„Vor wem?" Reimann meinte die Frage rhetorisch und stellte sie überhaupt nur deshalb, weil er seiner Resignation Ausdruck verleihen wollte. Aber Lewenkühn, der aufgebracht war, antwortete: „Dass es jetzt keine Bedrohung gibt, heißt doch nicht, dass es niemals eine Bedrohung gibt!"

„Ja, natürlich", Reimann lenkte widerwillig ein, „aber versuch mal, das denen da oben klarzumachen!"

„Es ist also längst beschlossen?"

„Definitiv", Reimann nickte kalt und ich konnte sehen, wie Lewenkühn dabei in sich zusammenfiel. Sein ohnehin schon vorgebeugter Rücken ließ die Schultern fallen, seine Lippen öffneten sich und seinen Körper verließ das Markante, das scharf Umrissene. Vielleicht war es die Zukunft, die er bei dieser Nachricht sich trüben glaubte, vielleicht aber auch eine ganze Welt. Wer konnte es sagen? Er bekam jedenfalls in den Augen einen Ausdruck, der überhaupt nicht wie Verstehen aussah. Dann bemerkte er, dass er in Unterhosen dastand, und, als hätte er mit einem Mal seine Unschuld verloren, zog er hastig eine Decke von einem der Betten und hängte sie schützend um seine schweren Schultern.

Auch Reimann musste Lewenkühns veränderten Ausdruck bemerkt haben. Denn er sagte: „Naja, bis sie die Reform umgesetzt haben, wird schon noch ein bisschen Zeit vergehen. Und wer weiß, vielleicht stellt sich irgendwer doch quer und das ganze Diskutieren geht wieder von vorn los." Aber sein Trost glitt in Phrasen ab und er schwieg.

Lewenkühn zog sich schwerfällig an. Die Stirn hatte er noch immer krausgezogen, denn er versuchte angestrengt, seinen Gedanken zu folgen, die von einem heißen Wüstenwind unaufhörlich fortgeweht wurden. Aber der – und das war ihm wohl nicht bewusst – kam aus seinem sprechenden Herzen. Ich stand hilflos daneben.

Als Lewenkühn fertig war, stand Reimann auf und ging zu ihm hinüber. „Nichts für ungut", sagte er und legte eine Hand auf Lewenkühns Oberarm, „ich wollte dir deinen ersten Tag nicht verderben. Am besten wir vergessen die ganze Sache wieder. Ist sowieso nicht dran zu rütteln."

Lewenkühn nickte zu Reimanns Worten mehr aus Verlegenheit als aus Zustimmung und dann gingen sie in Regenjacken wieder hinaus. Als sie in dem kahlen Vorraum waren, sagte Lewenkühn: „Warum gehört die Kaserne zu denen, die nicht sehr beliebt sind?"

Reimann lächelte. Jetzt hatte er ein Thema, über das sich etwas besser sprechen ließ. „Ist dir aufgefallen, dass dich die Leute in Tete nicht gegrüßt haben?" Während er den fremden Namen nannte, bewegte er die linke Hand vor seinem Gesicht, als wollte er eine Beschränktheit andeuten.

„Was ist Tete?", fragte Lewenkühn zurück.

„Tete", und wieder machte er die gleiche Bewegung, „ist unser Name für Bad Sifismus. Wir halten die Einwohner nämlich für – na, ich will es mal freundlich ausdrücken – für hinterwäldlerisch. Sie benehmen sich wie bockige Kinder, wenn es um die Schanze oder um uns geht. Seit Jahren sabotieren sie uns und kämpfen für die Schließung der Kaserne. Du kannst dort nicht einkaufen gehen, nicht mal ins Kino lassen sie dich rein. Und wenn sie wissen, dass dein Fahrrad irgendwo auf der Straße steht, klauen sie es dir oder stechen Löcher in die Reifen, beschmieren den Sattel mit Hundekot, schlagen die Lampen kaputt, schneiden die Kabel durch, etcetera pp." Lewenkühn machte ein ungläubiges Gesicht, doch Reimann, während er die Tür öffnete, bestätigte: „Ja, genau das machen sie da und deshalb sind sie alle ein bisschen tete." Wieder die gleiche Bewegung. Dann liefen sie im Regen zur Verwaltung hinüber.

Lewenkühn erinnerte sich zwar an den Busfahrer und daran, dass ihn die Fahrgäste nicht gegrüßt und zornig angeschaut hatten, aber er dachte auch an den Jungen, der den Graben aus Fremdheit zwischen ihnen ein wenig überbrückt hatte, und zweifelte an Reimanns Worten. Der setzte fort und sagte: „Die haben sogar einen Verein gegründet, dessen Aufgabe darin besteht, Klagen gegen uns einzureichen. Jedes Mal nämlich, wenn wir mit einem unserer Jäger über ihre Stadt fliegen, beschweren die sich bei Gericht. Die Prozesse werden dann von den Vereinszuschüssen bezahlt, nehm ich an. Zwar haben die Spinner noch nie einen Prozess gewonnen, aber die Regierung ist inzwischen auf das Problem aufmerksam geworden, und – c'est la vie – nun scheint es, als gewännen sie eben doch noch." Reimann hob und senkte die Schultern. Eine kleine Geste, die zeigte, dass er ein Mensch war, der sich leicht mit den Dingen abfand.

„Warum machen die so was?", wollte Lewenkühn wissen.

„Ach, keine Ahnung", antwortete der andere jetzt sehr viel kürzer, „vielleicht ist das bei denen ein Sport, ein Hobby. Es hat jedenfalls, so weit ich weiß, nie einen Vorfall gegeben, der ihren Hass auf die Schanze erklären könnte."

Lewenkühn sollte sich damit zufriedengeben. Er war nun aber in eine wichtige Angelegenheit des Geschwaders eingetaucht und hatte sich festgebissen. Deshalb schwamm er in tiefen Gedanken, als sie gemeinsam die Schreibstube erreichten.

Die Verwaltung befand sich im Erdgeschoss eines roten Backsteinhauses. Die beiden Soldaten gingen vier Stufen nach oben, öffneten eine braune Holztür und traten in einen warmen Flur, wo sie ihre Jacken öffneten. Dann gingen sie in die Stube. Auch sie war angenehm beheizt. Licht flutete in alle Ecken, Kameraden tippten und redeten miteinander. Reimann zog Lewenkühn zu einem Tresen und ein junger Mann in Zivil erhob sich und kam zu ihnen herüber. Er salutierte vor Reimann und Lewenkühn.

„Zeuner", sagte Reimann, nachdem er die formelle

Begrüßung erwidert hatte, „das ist Martin Lewenkühn. Er ist Anwärter auf die Unteroffizierslaufbahn und zu uns versetzt worden. Machen Sie bitte seine Papiere fertig!" Dann ließ er die beiden miteinander allein und verschwand in einen angrenzenden Raum. Zeuner bat um das Versetzungsschreiben, den alten Truppenausweis, die alte Erkennungsmarke und natürlich auch um den Berechtigungsschein, den Lewenkühn eben vom Pförtner bekommen hatte. Dann brachte er alles zu seinem Schreibtisch und bearbeitete es entsprechend den Vorschriften.

Lewenkühn stand währenddessen, beide Hände auf den Tresen gelegt und nach oben hin geöffnet, in Gedanken verloren. Er schien den Krach und die Wärme und die Helligkeit um ihn her gar nicht wahrzunehmen, sondern hoch oben in der Einsamkeit der hereinbrechenden Nacht über den Dächern der Schanze und des kleines Städtchens Bad Sifismus zu kreisen. Wie ein Adler oder, wenn es etwas vertrauter sein soll, wie eine Krähe, die auf einen geheimen Hinweis, eine zündende Idee wartet, wie auf eine unvorsichtige Maus.

Als Zeuner mit den Papieren fertig war, nahm sie Lewenkühn ohne Überprüfung entgegen. Er nickte, drehte sich um und verließ die Schreibstube. Als er die Haustür schon geöffnet hatte und mit einem Schritt auf der obersten Stufe der kleinen Treppe stand, kam

Reimann hinter ihm her.

„He, Lewenkühn", rief er, „wart einen Moment! Ich komme ja mit dir."

Lewenkühn wandte sich zurück und landete wieder in der Wirklichkeit. „Tut mir leid, ich war in Gedanken", entschuldigte er sich.

„Dich beschäftigt die Sache, was?" Lewenkühn nickte. „Lass uns essen gehen", sagte Reimann und zog die Tür hinter sich zu. Dann liefen sie durch den Regen zur Kantine. „Außerdem hab ich grade eine gute Nachricht erfahren: in der nächsten Woche schickt das Ministerium einen Vertreter zu uns. Der soll sich hier einen Überblick verschaffen und..."

„Aber das ist ja fantastisch", unterbrach ihn Lewenkühn jubelnd.

„Na", entgegnete Reimann kühl, „so gut ist die Nachricht nun auch wieder nicht."

„Und ob! Das heißt, man müsste mit dem Vertreter reden, unter vier Augen sozusagen. Dann könnte man ihm die Sache auseinandersetzen und ihm erklären, warum die Kaserne nicht geschlossen werden darf. Ich bin sicher, er wird es verstehen."

Reimann lachte schallend. „Ich bezweifle stark, dass der Herr Vertreter in irgendeiner Weise an der Kaserne interessiert ist. Und selbst wenn, ist es doch unmöglich, ihn in so kurzer Zeit von der Verantwortungslosigkeit zu überzeugen, die es bedeutet, immer mehr Kasernen zu schließen. Ja, und vorausgesetzt, selbst das wär möglich, ist immer noch offen, ob es irgendwas ändert."

„Man kann es wenigstens versuchen", sagte Lewenkühn humorlos. Und dann sogar in der Art eines Märtyrers: „Ich selbst würde mich bereit erklären, mit dem Abgeordneten zu sprechen, wenn sich irgendwie eine Gelegenheit bieten würde." Ich lächelte über sein sprechendes Herz, dass ich hinter der Äußerung vermutete.

Aber Reimann wurde wieder ernst. „Hör zu! Ich bin als Vertrauensperson gewählt und ich könnte dich deshalb dem Oberst vorschlagen, den Abgeordneten zu fliegen. Denn er möchte, soweit ich gehört hab, die Gelegenheit seines Besuchs auch für einen Flug mit einer der Livingstones nutzen."

„Großartig", gestand Lewenkühn.

„Immerhin wird es dich am meisten beruhigen, wenn du selbst derjenige warst, der mit dem Vertreter über die Schließung gesprochen hat." Lewenkühn nickte heftig und Reimann und ich konnten darin ohne Schwierigkeiten seinen Dank und seinen Eifer erkennen. „Außerdem hab ich noch was gutzumachen, denn schließlich war ich es, der gleich von der elenden Sache anfangen musste."

Da räusperte sich Lewenkühn und sah sein Gegenüber fest an. So wie er es schon einmal während der Bahnfahrt getan hatte. Mir wurde klar, dass er Reimann in seine Gedanken einweihen wollte, und ich bangte unwillkürlich, dass er die Chance, mit dem Vertreter des Ministeriums zu sprechen, wieder vergab.

„Wir haben also auf der einen Seite einen Staat", sagte Lewenkühn mit freundlicher, ruhiger Stimme, „der weniger Geld für den Schutz seiner Bürger ausgeben möchte, und auf der anderen Seite Bürger, die aus irgendwelchen Gründen gegen eine Kaserne kämpfen."

„Sehr scharfsinnig", warf Reimann dazwischen, spitz und im Grunde ohne Interesse. Das Thema hatte ihn vollständig ermüdet.

„Aber weißt du auch, was das bedeutet?"

„Natürlich, dass wir den schlechtesten Platz haben: zwischen den Stühlen."

„Nein", fiel ihm Lewenkühn ins Wort, „es bedeutet, dass die ganze Verantwortung auf uns liegt." Jetzt war es Reimann, der nicht hinter den Sinn der Worte kam. Er kniff die Augen zusammen und sah Lewenkühn von der Seite her an. Der erklärte: „Das höchste Gut, das wir haben", ich dachte, er würde Gesundheit, Leben, Kinder oder Liebe sagen, „ist unsere Freiheit. Sie muss mit allen Mitteln geschützt werden."

„Auch mit militärischen?", fragte ich ungehört.

„Du siehst, dass auf das Volk dabei kein Verlass ist, weil seine Meinung zu unbeständig ist. Deshalb müsste unsere Freiheit eigentlich von der Regierung geschützt werden." Reimann gab ein paar Laute von sich, die seiner Hilflosigkeit entsprachen. „Aber die Regierung stiehlt sich aus ihrer Verantwortung, indem sie immer wieder Kasernen schließt. Wer soll dann aber ihre Aufgabe übernehmen? Wer um alles in der Welt soll Deutschland beschützen, wenn nicht am Ende wir?"

Man konnte Reimann ansehen, dass er niemals auf den Gedanken gekommen war, sein Beruf hätte wirklich etwas mit dem Schutz der Freiheit zu tun. Oder war es mein eigenes Erschrecken über Lewenkühns Haltung, das sich in dessen hochgezogenen Brauen widerspiegelte? Die Freiheit eines Volkes mit Waffen und Gewalt gegen die Freiheit eines anderen beschützen? Sogar gegen den Willen dieses Volkes und seiner Regierung? Warum fragte Reimann nicht, worin der Sinn von Freiheit lag, wenn man die Menschen dazu zwingen musste? Bloß, weil er auch Soldat und damit der Meinung sein sollte, dass sein Beruf einen tieferen Sinn besäße?

Lewenkühn enttäuschte mich. Als er sagte, dass die Freiheit mit Waffen geschützt werden solle und sich damit mir und meiner eigenen Freiheit voranstellte, begriff ich, dass seine Ansichten den meinen entgegengesetzt waren, und ich hatte deshalb kurz das unbestimmte Gefühl, ihn aus den Händen geschlagen zu bekommen. Seine Äußerungen erregten jetzt meinen Widerspruch und ich verwünschte die Ohnmacht, in die ich mich als sein Beobachter selbst gebracht hatte. Aber das alles wäre nur halb so schlimm gewesen, wenn er nicht auch noch deklamierend weitergegangen wäre und mich nicht im Regen hätte stehen lassen. Ich fühlte mich doppelt verletzt und aus Stolz und Trotz brach ich das Versprechen, das ich mir gegeben hatte. Ich kehrte Lewenkühn den Rücken und verließ die Kaserne noch in derselben Nacht.

Das vierte Bild
Verfestigung

„Da ist kein Verstehen", redete ich mir zu, während ich in fast völliger Dunkelheit – die Wolken verhüllten die Sterne – an der Bushaltestelle vor der Kaserne wütend auf- und abging. „Da ist kein Verstehen", sagte ich immer wieder und meinte damit, dass Lewenkühn das Leben mit falschen Augen ansah. „Als hätte er beim Passieren der rotweißen Schranke den Styx überschritten", wetterte ich mit drohender Faust ins Nirgendwo, „und von der Lethe getrunken, um zu vergessen, was er früher einmal war. Im Reich der Ehre und des Vaterlands", Begriffe, die ich mit dem Militär verband und die mir in dieser Nacht widerwärtig aufstießen, „gibt es keinen Platz für sprechende Herzen. Wie hatte ich nur annehmen können, in einem Soldaten einen echten Menschen zu finden! Am Ende war er sogar fähig, einen Krieg zu führen! Denn mit so einfachen Sätzen, wie: wir schützen die Freiheit, fängt es an und mit einer Kugel endet es."

Aber ich musste meine Enttäuschung auch mäßigen, denn eigentlich ging es gar nicht um meine Meinung. Es ging ausschließlich um Martin Lewenkühn und um sein Herz. In Wahrheit machte ich mir Sorgen um beide.

Lewenkühn hatte, seitdem ich ihn kannte, einige Niederlagen verkraften müssen. Da war zunächst der unschöne Wortwechsel im Zug, danach die kalte Ablehnung der Sifismer, dann die plötzliche Trennung von dem Jungen und zuletzt die Nachricht von der Schließung der Kaserne. Diese Niederlagen waren wie steinerne Schläge auf seinen Kopf und Angriffe auf sein sprechendes Herz. Sie konnten nur durch Verstehen und Vergebung in Siege verwandelt werden. Aber wer sollte diese Arbeit an einem Ort leisten, an dem man aus rein beruflichen Gründen negativ über Niederlagen dachte?

Nein, in der Schanze war er nicht gut aufgehoben. Allein die Tatsache, dass sie aus dem Lewenkühn im Zug jenen an Reimanns Arm gemacht hatte, bewies hinreichend, wie verderblich ihr Einfluss bewertet werden musste. Denn im Zug hatte Lewenkühn für Verständnis gekämpft und in der Kaserne hielt er seine Mitmenschen plötzlich für unbeständig und verantwortungslos. Sie, die Schanze, oder vielleicht besser die ständige Gegenwart des Militärischen dort musste per definitionem lebensbejahende Erkenntnisse mit Wurzel und Knospe ersticken und es stand daher ausdrücklich zu befürchten, dass Lewenkühn sein sprechendes Herz einbüßte und mehr noch, dass er damit sich selbst verlöre. Denn was ist der Mensch ohne Herz? Nichts als eine tönende Schelle, ein Pudding, ein Hühnergott.

Die Schanze wollte ich in dieser Nacht also als den Ort ansehen, wo Lewenkühn Gefahr lief zu versteinern. Ihn selbst hielt ich mehr und mehr für unschuldig an der Situation. Zuletzt gestand ich ihm sogar zu, dass er nichts von der Veränderung ahnte, die mit ihm vorging, und dass ihm auch die Konsequenzen unbewusst blieben. Seit dem Zwischenfall im Zug verstand ich ihn nämlich als einen Menschen, der vor lauter guten Absichten nicht klar erkannte, was er wirklich tat. Kurz, als einen Idealisten, der aufgrund irgendwelcher bösen Fügungen zur Armee gekommen und damit in seine schwerste Prüfung geraten war. Wie anders sollte ich mir die unerwartete Entwicklung erklären, seine Ideen, die so wenig zu meinen Vorstellungen passten?

Ich verwandelte mein Da-ist-kein-Verstehen in ein mitfühlenderes, weniger wütendes Da-ist-kein-Platz-für-Ihn und dann bereute ich es auch bald, dass ich Lewenkühn überhaupt verlassen hatte. Ich dachte, dass ich ihm in der Kaserne einen besseren Dienst hätte leisten, dass ich ihn vor falschen Schlüssen hätte beschützen müssen oder was auch immer. Hier stand ich nur dumm und unnütz in der Finsternis und hörte das ziellose Klappern meiner Sohlen, das angstmachende Schlagen der Käuzchen und das uninterpretierbare Bellen der Hunde. Zu sorgen und zu hoffen waren meine Aufgaben und fast wäre ich deswegen wieder umgekehrt. Aber ein scharfer Wind war inzwischen aufgekommen und kühlte meine Gefühle weiter ab. Morgen war auch noch ein Tag. Schließlich war ich Lewenkühns Biograf, nicht sein Mentor. Möglicherweise hielten mich aber auch mein Stolz und ein Rest Missmut davon ab, meine Überreaktion vollständig zurückzunehmen und wieder einen Fuß in die Schanze zu setzen.

Zuletzt machte ich mir klar, dass ich Lewenkühns Meinungen akzeptieren müsse, wenn ich wirklich sein Biograf sein wollte. Ich veränderte also das Da-ist-kein-Platz-für-Ihn in ein bittendes Bleib-bloß-nicht-so-lang-Dort, schlug den Kragen meines Mantels höher und stapfte weiter einsam in der Kälte umher.

Ich wartete noch immer, als Lewenkühn endlich die

Straße von der Kaserne hergelaufen kam. Das war an einem Nachmittag, Tage später. Weiße Wolken schwammen gegen einen blauen Himmel. Für Oktober war es überraschend mild. Krähen hingen in der Luft, der Wind hatte sich gelegt. Das Feld war fast schwarz und die Bäume des nahen Wäldchens standen auf braunem Laub. Links und rechts der Straße zogen sich schmale Streifen grünen Grases, der Asphalt zwischen ihnen war grau.

Lewenkühn trug Zivil und pfiff Die Brücke am Kwai. Ich schreckte aus meinen Gedanken hoch, seufzte erleichtert auf, als ich ihn erkannte, und glaubte – wegen des fröhlichen Liedes, der Kleidung oder des Wiedersehens – dass nun alles ein gutes Ende nehmen werde.

An der Haltestelle überflog Lewenkühn den Fahrplan, sah Richtung Hürtgenwald die Straße hinauf und steckte sich eine Zigarette an. Der Rauch, den er ausblies, verschwand so schnell in der Herbstluft, dass ich kurz glaubte, er würde von den unsichtbaren Photonen assimiliert. Was das Licht aber mit dem Gift anfangen wollte, war mir schleierhaft.

Ich betrachtete Lewenkühn und musste mir die Frage gefallen lassen, ob es irgendeinen Grund für meine Beschuldigungen und Ängste gegeben hatte. Er wirkte munter und lebendig, als er dort stand und pfiff und rauchte. Überhaupt nicht, als habe er etwas verloren.

Im Gegenteil, man konnte sogar meinen, er wolle Besorgungen machen, etwas hinzugewinnen und wisse sehr genau, was ihn erwartete. Denn immer wieder schaute er die Straße hinauf und auf seine Uhr und dann auch die Straße hinunter nach Bad Sifismus. Da beschloss ich, noch einmal von vorn anzufangen und als erstes herauszufinden, wie es heute um sein Herz bestellt war.

Der Bus kam. Lewenkühn warf die Kippe zur Seite und stieg ein. Als er eine Reihe abgezählter Münzen in das graue Plastikschälchen des Busfahrers klimpern ließ, statt einfach seinen Berechtigungsschein in die Höhe zu halten, siehe, da wandte sich der Fahrer zu ihm um. Und auch ich war überrascht. Lewenkühn grinste über beide Ohren, nahm den Fahrschein dankend entgegen und ging nach hinten. Ohne Zögern, wie es schien, steuerte er zu jenem Platz, auf dem der Junge gesessen hatte. Dort hauchte er an die Scheibe und malte mit dem Zeigefinger die Silhouette eines Flugzeugs in den Nebel. Dann feixte er, als wäre er selbst ein Kind, das sich auf ein Abenteuer freute.

Der Bus nahm den bekannten Weg: zuerst am schwarzen Feld vorbei, dann durch den kleinen Wald und endlich in den Ort hinein. Als er den Markt erreichte, stieg Lewenkühn aus. Da schlug es gerade vier und am Himmel jagte eine Livingstone vorüber. Ich sah hinauf und musste mich dann beeilen, weil

Lewenkühn nicht wartete. Auf dem Marktplatz, über dessen alte Katzbuckeln ich rannte, stand das Rathaus: weiß, vierstöckig und mit einem riesigen Portal. Blumenkästen füllten die Balustrade und Gitter sicherten die unteren Fensterscheiben. Vor dem Haus gab es verschiedene Denkmäler, wahrscheinlich zur Erinnerung an Widerstandskämpfer, die in den offiziellen Geschichtsbüchern als Querulanten galten.

Lewenkühn wandte sich nach links und lief eine mäßig belebte Einkaufsstraße entlang. Dort trugen die Menschen Tüten und hielten sich in der Nähe der Fensterläden, sodass ihm in der Mitte der Straße genug Platz für sein Liedchen blieb.

Die Häuser unterschieden sich sowohl in ihren Ausmaßen als auch in ihrer Gestaltung. Aber in einem glichen sie einander: mit ihren Hochparterres und klobigen Mauern wirkten sie stolz und abweisend. „Den Busfahrer konnte Lewenkühn vielleicht täuschen", dachte ich, „aber die Mauern von Tete", und ich hob meinen Arm und machte eine Bewegung, „sehen durch alle Verkleidung und Verstellung hindurch immer nur den Soldaten in ihm."

Am Ende der Einkaufsstraße erwartete Lewenkühn eine romanische Kirche, daneben lag ein kleiner Friedhof und drum herum standen ein paar Weiden und Linden. Als er noch weiterging, veränderte sich die Stadt. Die Straßen wurden breiter, die Häuser höher und moderner. Sie bekamen glatte und korrekt vermessene Wände, Bodenfenster, Metalltüren und Vorgärten. Sie wurden wuchtiger, sodass es nicht mehr aussah, als stützten sie sich gegenseitig. Aber die Abweisung blieb.

Nach zwanzig Minuten gelangte Lewenkühn an einen Sportplatz. Er blieb vor dem Zaun stehen und ließ den Blick über die Kinder schweifen, die dort spielten. Dann lief er weiter. Nach zehn Minuten begegnete ihm eine Gruppe Jugendlicher und, als Lewenkühn auch sie beobachtete, begriff ich endlich, dass er wohl den Jungen vom Bahnhof suchte.

Aber der war nirgends zu finden. Wir liefen eine weitere Stunde lang die Stadt auf und ab, kreuz und quer, schauten in alle Ecken, alle Gassen, alle Hinterhöfe: ohne Erfolg. Zum Schluss, als es bereits dunkel wurde, sah ich Lewenkühn im Schatten an einer Ecke stehen und seine Stirn mit den Handflächen reiben. Da dachte ich: „Es ist nichts zu machen, der Junge wohnt nicht hier", und Lewenkühn horchte auf. „Ist es möglich", wunderte ich mich deshalb, „dass ein Mensch die Nähe des anderen spürt, ohne ihn zu sehen oder ohne mit etwas anderem als mit eben diesem Gespür zu wissen, dass er da ist?"

Jetzt eilte Lewenkühn zielsicher durch die Straßen des Städtchens. Bald kam er an die letzten Häuser und schließlich auch vor den Wald, der zwischen dem

Kurbad und der Schanze wuchs. Dort bog er plötzlich von der Straße ab und tappte durchs feuchte, finstre Unterholz.

„Lewenkühn", rief ich ihm nach, „es wird dunkel und der Wald ist nass!" Aber diesmal reagierte er nicht.

Nach zehn Minuten hörten wir Kinderstimmen und hielten überrascht den Atem an. Sofort hatte Lewenkühn die Richtung ausgemacht, gleich duckte er sich hinter einen kleinen Hügel und streckte vorsichtig den Rücken, um über seine Kuppe hinwegzusehen. Und tatsächlich: dort standen einige Jungen – es konnten die vom Langerweher Bahnhof sein – und unterhielten sich. Sie schlugen mit Stöcken auf Bäume, liefen und sprangen hin und her, schubsten sich, lachten oder hörten aufmerksam zu. Und dann sahen wir: in ihrer Mitte stand der Junge, den Lewenkühn suchte.

Lewenkühn lag hinter dem Hügel wie ein Raubtier, das sein Opfer beobachtet. Seine Zivilkleidung erschien mir plötzlich wie eine Tarnung – unter den Umständen vielleicht sogar eine bessere, als es Tönungen von Grün jemals hätten sein können. Er atmete kaum und war voller Anspannung. Er spürte nicht die Kälte, nicht die Feuchtigkeit, in die er sich gekniet hatte und in die er seine Hände krallte, er sah mit größerer Klarheit, er hörte mit präziseren Ohren – und trotzdem zerfiel das fröhliche Lachen der Kinder nicht in einzelne voneinander unterschiedene Laute, sodass es offen bleiben musste, was sie zueinander sagten.

Überhaupt fand ich es seltsam, dass die Kinder um diese Tages- und Jahreszeit hier draußen im Wald ganz allein spielten, wo doch so viele Gefahren lauerten, wie zum Beispiel der fremde Soldat neben mir. Jetzt wurden sie sogar noch leichtsinniger, denn sie trennten sich. In alle Richtungen schwärmten die Jungen aus, nur das blonde Kind blieb noch einen Moment stehen, wie um sich zu vergewissern, dass wir es wirklich bemerkten. Dann wandte er sich um und ging langsam davon.

Lewenkühn schaute nach links, nach rechts und hinter sich und schlich dann dem Kind nach, als er sicher war, dass er selbst nicht von den ausschwärmenden Freunden entdeckt werden konnte – denn als Soldat lernt man schließlich, mit den Finten des Gegners zu rechnen. Auch lief er gebückt und achtete darauf, keinen Zweig zu zerbrechen, an keinen Stein und keinen Ast zu stoßen, nicht mit dem Laub zu rascheln.

Gerade dadurch konnte ich bemerken, dass die Freude in Lewenkühn wuchs, je länger er dem Jungen folgte, je länger er ihn beobachtete. Denn schon nach einigen Schritten wurde er unvorsichtiger, bekamen seine Bewegungen etwas Ruckartiges, etwas Hastendes, dass es einzig der Entfernung zu verdanken war, wenn der Junge ihn trotzdem nicht hörte. Und wieder musste ich mich fragen, was zwischen Lewenkühn und dem Jungen für eine seltsame Verbindung bestand. Was das war, das die beiden so zueinander geführt, sie derart selbstverständlich miteinander verschworen hatte. Und es schien mir sogar, als würden alle meine Fragen an diesem Punkt zusammenkommen. Denn war nicht der Junge das Inbild all dessen, was Lewenkühn Freiheit genannt hatte und was er beschützen wollte? War er nicht der Eckstein, an dem sich Lewenkühns Menschlichkeit messen ließ? Wenn sie sich begegneten und endlich miteinander sprächen, würde ich es vielleicht herausfinden.

Da hielt Lewenkühn inne und duckte sich wieder. Ich sah zu dem Jungen und erkannte durch das graue und braune Dickicht hindurch, dass auch er stehen geblieben war. Die kahlen Zweige vor meinen Augen zerschnitten seine Figur. Vor uns war eine Werkhalle aufgetaucht, deren schwarze Wände wie das Ende der Welt wirkten. Das Gebäude stand als Zauberburg mitten im Unterholz. Es war riesengroß, besaß aber statt Fenster nur eine rostige, eiserne Tür. Neben der Tür gab es Halterungen für Stromkabel, doch die Kabel fehlten, sodass ich annehmen konnte, die Halle sei nicht mehr in Betrieb. Auch war von Weitem erkennbar, dass überall dichtes Gebüsch wuchs und die

Wege versperrte.

Der Junge blickte sich um und lauschte in die Stille des Waldes zurück. Dann lief er auf die eiserne Tür zu, schob die Sträucher beiseite und drückte den rechten Flügel auf. Er verschwand in der Dunkelheit dahinter und die Tür schloss sich wieder.

Nun waren wir allein, aber Lewenkühn schien keine Eile zu haben, das Geheimnis des Gebäudes zu lüften. Er wühlte an der Erde herum, bis er einen feuchten, mit kleinen weißen Pilzen überzogenen Stock aus dem Gestrüpp herausgewunden hatte. Jetzt fasste er das morsche Ding an einem Ende und hielt es vor sich in die Höhe. Es besaß eine Krümmung und wirkte, wenn es so gehalten wurde, wie eine Pistole. „Peng, peng", sagte Lewenkühn halblaut und ich starrte ihn verwundert an. Dann verstand ich, dass er das Kind erschrecken wollte.

Lewenkühn lief nicht mehr geduckt, sondern aufrecht auf die Halle zu. Er machte sich auch keine Sorgen mehr um die Zweige und das Laub. Fast hätte ich ihn aufgefordert, etwas leiser zu sein, wäre mir nicht klar gewesen, dass er es nicht hören konnte. Dann standen wir dort, wo der Junge gestanden hatte, und Lewenkühn vergewisserte sich wie er, dass ihm niemand folgte.

Vor der Werkhalle war der Boden kalt und feucht und, als Lewenkühn darüber hinweglief, hinterließ er tiefe, scharfkantige Spuren. Einmal trat er auf die schwächere Spur des Jungen und ich erschrak. Denn mir wurde in dem Auslöschen des kleineren Abdrucks durch den größeren schmerzlich bewusst, wie wenig ich in Wahrheit von dem Menschen wusste, dessen Begleiter ich zum zweiten Mal geworden war.

Auch Lewenkühn schob die Sträucher beiseite, knickte sie an einigen Stellen und stand dann vor der rostigen Tür. Wozu die Halle gedient hatte, war schwer zu sagen, da sich außer der Kaserne keine weiteren Gebäude in unmittelbarer Nähe befanden. Aber, dass sie früher ein Teil der Schanze, vielleicht ein Teil des Hangars war, schien ebenfalls unwahrscheinlich, weil sich doch sonst gewiss jemand um sie gekümmert und verhindert hätte, dass es zu einem solchen Verfall kam. „Vielleicht", sinnierte ich, „hatte einer der rebellischen Sifismer angefangen, eine Konkurrenzkaserne zu bauen, und es war ihm wieder verboten worden."

Lewenkühn legte eine Hand an die Tür und öffnete sie mit leichtem Druck. Drinnen war es nicht mehr ganz dunkel, denn der Junge hatte inzwischen Licht gemacht. In mehreren Ecken brannten kleine Kerzen und zusammen tauchten sie den hohen Raum in ein schummriges Glänzen. Lewenkühn machte einen Schritt hinein und blieb dann wie versteinert stehen. Sein entsetzter Blick wanderte über ein riesiges Waffenlager: dort hingen Kalaschnikows an

der Wand, da lagen Granaten, Schrapnell- und Teller-
minen auf dem Tisch, hier standen ganze Eimer voller Munition – und das waren erst die Kleinigkeiten.
Denn in dieser Halle, die von außen so schäbig und
abstoßend gewirkt hatte, gab es Feldgeschütze, Bazoo-
kas, Panzerfäuste, Kampfwagen mit aufgesetzten MGs
und alte Flakgeschütze, ja sogar in der Mitte feist wie
eine Verhöhnung ein Abschusswagen für Boden-Luft-
Raketen.

Lewenkühn ließ die morsche Holzpistole fallen und,
als sie hohl aufschlug, kam der Junge hinter einem
Kampffahrzeug hervor und erschrak. Seinerseits ließ
er irgendetwas Metallisches fallen und rannte dann
ohne zu zögern davon, durch einen Ausgang, den
weder ich noch Lewenkühn sehen konnten.

Der Soldat war wie vom Blitz getroffen und rührte
sich nicht. Nur seine Augen huschten ängstlich über
die Vorboten des Krieges und sein Atem ging schneller, als hätte er einen langen Lauf hinter sich gebracht.
Auch hatte er längst vergessen, warum und wie er eigentlich hierhergekommen war, denn alles in seinem
Kopf war Entsetzen über die tickende Bombe, vor der
er stand. Er musste seine Augen mehrmals schließen
und öffnen, bis er wenigstens andeutungsweise begriff, dass er nicht träumte.

Das Lager, soviel war sicher, gehörte nicht der Bundeswehr. Allein dieser Gedanke beinhaltete aber

schon so viel Wirklichkeit, dass ihn Lewenkühn nicht ohne erneuten Schwächeanfall denken konnte. Wieder schloss er die Augen und japste dieses Mal wie ein Ertrinkender. Dann fragte er sich laut nach der Möglichkeit eines solchen Waffenlagers, indem er qualvoll aufstöhnte: „Wie?" Aber niemand hörte ihn, kein Echo warf das Wort zurück.

Ich glaube nicht, dass er sich zu dem Zeitpunkt die Frage stellen konnte, wem das Waffenlager sonst gehöre. Er war zu schockiert und verwirrt und dachte gewiss auch noch nicht daran, wie der Junge und die anderen Kinder in das schreckliche Bild der Gewalt hineinpassten.

Lewenkühn hob die Holzpistole wieder auf, ging leise und rückwärts aus der Tür, als wollte er die schlafenden Riesen nicht wecken, und schloss dann zaghaft, fast weinend den eisernen Flügel hinter sich. Draußen drückte er die heiße Stirn an den rötlichen Rost der Gruft und war sich jetzt ganz sicher, die Herrschaft über seine Beine zu verlieren.

Er blickte angewidert auf die Holzpistole in seiner Hand. Dann warf er sie in hohem Bogen weg und wischte seine Hand an der Kleidung ab, als befürchtete er eine Ansteckung.

Nachdem er sich beruhigt hatte, taumelte er durch den Wald zur Straße zurück. Er musste oft stehen bleiben und, während er sich an den toten Stämmen festhielt, tief durchatmen. Noch öfter fasste er sich mit den Händen an die Stirn und tat, als wollte er etwas wegwischen. Oder er stöhnte noch einmal sein echoloses: „Wie?"

Endlich erreichte er die Straße. Inzwischen war es dunkel und kein Auto war mehr zu sehen oder zu hören. Er wandte sich nach rechts zur Kaserne und lief stolpernd und oft niederkniend den abendfeuchten, stillen Weg entlang, dass es mir unendlich leid tat um den großen, starken Mann, dessen markante Züge, dessen Rückgrat, mir Hoffnung gegeben hatten.

Als er zur Haltestelle gelangte, stoppte er. Er setzte sich in der Finsternis auf die Bank und flüsterte: „Ich muss es verstehen!" Aber ich, der ich ja wusste, dass das hier und jetzt zu nichts führte, sagte eindringlich: „Lewenkühn, da ist kein Verstehen!"

Er atmete schwer, irgendwo schlugen die Hunde wieder an. „Lewenkühn", flehte ich, „Lewenkühn, vergiss nicht dein sprechendes Herz!" Aber er schloss die Augen vor meiner Bitte. Sein Gesicht wurde kalt und fest. Noch stärker als sonst traten die markanten Züge hervor. Seine Lippen, jetzt schmal, formten die Frage: „Warum machen sie das?" Dann verlor er alle Kraft, als wäre er gestorben. Als wäre der Junge in Wahrheit sein Feind, der ihn in einen Hinterhalt geführt und überwältigt hatte. Und vielleicht gab es gar nichts, was die beiden verband, nur etwas, das sie trennte.

Später erhob sich Lewenkühn still wie die Nacht und lief seltsam gefasst den Weg zur Kaserne hinauf.

Das fünfte Bild
Hebung

Zwei in den Himmel geöffnete Handflächen und das kurze Heben der Schultern waren von meinem Standpunkt aus die einzig sinnvollen Gesten. Ich stellte mir sogar vor, dass die Tragflächen der Livingstone zwei Hände wären und zuckte automatisch. Aber Lewenkühn, der mit dem Vertreter des Ministeriums in der Maschine saß, bemerkte es nicht.

Sie schwiegen, denn es gab nichts mehr zu sagen. Genug Argumente waren ausgetauscht worden und hatten keine Veränderung gebracht: die Kaserne würde geschlossen werden und Lewenkühn war noch immer dagegen. Er saß still mit gerunzelter Stirn und zornigem Blick auf dem Martin-Baker-Schleudersitz, hielt die Hände verkrampft um Steuersäule und Schubhebel und konnte das Aus für die Kaserne nicht akzeptieren.

Die Livingstone jagte über einen steingrauen Himmel und die Landschaft unter uns zerfloss zu einem braunen Meer, das von dunkelgrünen Wellen durchzogen wurde. „Das muss das Sauerland sein", dachte ich und glaubte, irgendeinen Stausee aufblitzen zu sehen. Aber mit Sicherheit ließ sich das bei 2,4 Mach nicht sagen.

Die Entdeckung des Waffenlagers lag eine Woche zurück. Als Lewenkühn in jener Nacht in die Schanze zurückgekehrt war, kam ihm Reimann entgegengelaufen und stockte. Denn das aschfahle Gesicht überraschte ihn wohl. Er fragte trotzdem nicht danach, sondern sagte nur etwas atemlos: „Lewenkühn, gute Nachrichten!"

Der Angesprochene ignorierte es und lief weiter.

„Hast du mich gehört?", wollte Reimann deshalb lauter wissen und Lewenkühn nickte stumm.

Da erzählte ihm Reimann, dass er wie verabredet dem Oberst den Vorschlag gemacht habe, Lewenkühn solle den Vertreter des Ministeriums fliegen. Er habe besonders betont, dass es Lewenkühns eigene Idee gewesen und dass er einer der besten Piloten sei. Der Oberst habe sich ziemlich schnell entschieden – hier machte Reimann eine rhetorische Pause, die es Lewenkühn ermöglichen sollte, nach dem Ergebnis zu fragen. Er tat es aber nicht und Reimann blieb nichts übrig, als ohne Aufforderung weiterzusprechen. Er erklärte kurz und enttäuscht: „Er sagt, du kannst ihn von Berlin abholen."

„Ja", war Lewenkühns noch knappere Antwort und

abgestoßen von dieser Undankbarkeit schwenkte Reimann nach links und ließ den jungen Soldaten allein. Der ging zu den Duschen, zog sich aus, legte die Sachen ordentlich zu einem Haufen und wusch den Körper, als wenn nichts oder aber als wenn etwas Schmutziges geschehen wäre. Auch ließ er sich mit allem viel Zeit und nur, als er schon unter dem Wasser stand, schloss er für einen kurzen Moment die Augen und stellte den warmen Strahl auf eiskalt.

Warum er weder sofort noch später eine Meldung darüber machte, dass sich ein gewaltiges Waffenlager unbeaufsichtigt im Wald befand, weiß ich nicht mit Sicherheit zu sagen, weil er selbst mit niemandem darüber sprach. Ich kann mir nur denken, dass er zum einen aufgrund der aktuellen Entwicklung sein Vertrauen in die Bundeswehr verloren hatte und dass er zum anderen wegen des nicht nachvollziehbaren Hasses der Sifismer das Verständnis seines Eides beschädigt fand. Möglicherweise wollte er auch verhindern, dass die Angelegenheit einen offiziellen Charakter bekam. Das ist – trotz aller Abwegigkeit auf den ersten Blick – plausibel, wenn er noch immer jemanden zu schützen versuchte. Und dafür kam nach allem, was ich inzwischen erlebt hatte, der Junge durchaus in Betracht.

Aber was bedeutete es, wenn Lewenkühn den Jungen deckte? Etwa, dass er den Jungen und seine Clique inzwischen für die Urheber des Waffenlagers hielt? Oder doch, dass er zumindest annahm, jemand, der den Fall offiziell untersuchte, könnte die Mitwisserschaft der Kinder heraustüfteln? Und angenommen, er hielt den Jungen in irgendeiner dieser Weisen für schuldig: warum wollte er nicht, dass er bestraft wurde?

Damit kam ich wieder auf die entscheidende Frage zurück, was nämlich Lewenkühn mit dem Kind verdammt noch mal verband. Sie waren sich – soweit ich das beurteilen konnte – in Langerwehe zum ersten Mal begegnet. Sie hatten nie ein Wort gewechselt, kannten nicht einmal den Namen des anderen und waren doch wie aus einem Stück, wenn sie sich schweigend ansahen. Sollte ich beginnen, an Seelenverwandtschaft zu glauben, an Telepathie, Wiedergeburt und solchen Kram? Oder glaubte Lewenkühn vielleicht, dass ihn der Junge vom Bahnhof zur Kaserne verfolgt und auch absichtlich zu dem Lager geführt hatte, weil er wollte, dass es Lewenkühn entdeckte? Und verstand Lewenhühn die Entdeckung als eine allein an ihn gerichtete Bitte, sich darum zu kümmern? Dann musste es denkbar sein, dass ich und die Schanze nicht die Einzigen waren, die ihre Pläne mit Lewenkühn hatten. Und ich bezweifelte, dass es gut sein konnte, wenn so viele Hände an einem sprechenden, verletzbaren Herzen zerrten. Ich ahnte, dass ich Lewenkühn erst dann ganz und gar verstehen und kennen würde, wenn ich eine Antwort auf diese Fragen und Zweifel gefunden hatte.

So kam der Tag, an dem Lewenkühn nach Berlin flog. Ich empfand es als das größte Wunder überhaupt, dass niemand in der Zwischenzeit bemerkt hatte, wie schwer er an seinem Geheimnis trug und wie notwendig es gewesen wäre, den Einsatz zu streichen. Aber Lewenkühn verstand es, ruhig und ausgeglichen zu wirken, seinen Dienst vorbildlich zu verrichten, die Eingriffe der Vorgesetzten in seine persönliche Freiheit hinzunehmen und selbst – wenn auch weitaus seltener – in die Freiheiten anderer einzugreifen, seine Stube und die Kaserne zu reinigen, die eintönigen Mahlzeiten zu ertragen, die truppenärztliche Untersuchung über sich ergehen zu lassen, der Gehorsamspflicht, der Kameradschaftspflicht, der Verschwiegenheitspflicht, der Wahrheitspflicht, der Zurückhaltungspflicht und der Pflicht zum treuen Dienen zu genügen, während er sie gleichzeitig alle verletzte.

Eine andere Erklärung ist, dass seine Kameraden blind waren. Denn das Eine hätte ihnen doch auffallen müssen: dass Lewenkühn kaum noch redete, nicht einmal in den Situationen, in denen es wichtig gewesen wäre, dass er keine Postkarten oder Emails schrieb, kein Buch und keine Blogeinträge las, dass er nicht telefonierte oder skypte, dass er nicht schlief, weil er sich davor fürchtete, im Traum alles auszuplaudern, ja vielleicht dass er nicht einmal mehr in Gedanken versank, wie er es früher getan hatte, und also auch dort nicht aussprach, was ihn im Innersten bewegte. Wenn aber seine Kameraden, die Beschützer unserer Freiheit, das nicht sahen, dann deshalb, weil es eben doch nur darauf ankommt, dass der Soldat in der Lage ist, eine Waffe zu tragen und abzufeuern.

Seit der Begegnung im Wald war Lewenkühn still geworden und still verrichtete er, was man von ihm verlangte. Ohne Zwischenfall brachte er den Flug hinter sich und landete planmäßig in Tegel, wo ihn eine Abordnung des Ministeriums erwartete. Man schickte ihn in ein kleines Café, während die Techniker die Maschine überprüften und volltankten.

Später ging er wieder hin, legte schweigsam die Sauerstoffmaske an und wartete im Cockpit auf den Ministerialbeamten. Als der schließlich in einer Limousine vorfuhr, drehte sich Lewenkühn nicht einmal um. Er grüßte auch nicht, sondern wartete bloß, bis der Mann hinter ihm eingestiegen war. Jemand von draußen musste dem Beamten Anweisungen geben, sich anzuschnallen und die Maske aufzusetzen. Dann zeigte man ihm, wie er mit dem Piloten sprechen konnte und nannte Lewenkühns Namen. Der Beamte folgte aufmerksam und nickte eifrig. Endlich war die Kabinenhaube geschlossen und Lewenkühn startete den Motor.

Sie hatten kaum 8.000 m Höhe erreicht, als sich der Beamte meldete und nach der Funktionsweise der Schleudersitze fragte.

„Die brauchen wir nicht", erwiderte Lewenkühn so freundlich er konnte.

Der andere schwieg. Denn er war unglaublich willig, alles richtig zu machen. Hätte sich Lewenkühn einen Moment dafür interessiert, hätte er das Folgende bestimmt anders angefangen. Jetzt räusperte er sich, schluckte und sagte: „Herr Doktor Schreier, ich muss kurz mit Ihnen reden."

„Hat das nicht Zeit?", fragte der Schreibtischtäter zurück, weil er sich bei der förmlichen Einleitung sofort in seinem Element fühlte.

„Leider nein", erklärte Lewenkühn fest. Der andere starrte auf die Erde, die sich noch immer von ihm entfernte, und erwiderte nichts. „Ich muss mit Ihnen über meine Kaserne sprechen. Ich möchte nicht, dass sie geschlossen wird und..."

Der Beamte unterbrach ihn mit Floskeln, weil er eigentlich noch immer an den Boden dachte, den er wahrscheinlich nicht gern unter seinen Füßen verlor: „Da werden sie nicht drum herumkommen, junger Mann. Die Schließungen sind schon abgesegnet." Er hatte junger Mann gesagt und Lewenkühn fühlte sich missverstanden.

„Aber niemand hat uns gefragt!"

Dr. Schreier seufzte. „Mich wundert es, dass Sie das stört. Ich dachte, man lernt beim Militär, den Entscheidungen seines Vorgesetzten zu vertrauen." Pause, denn Politiker wissen sogar noch besser als Soldaten, wie man mit Menschen umzugehen hat. „Sie können sich natürlich gern an den Petitionsausschuss des Bundestags wenden, wenn Sie irgendwelche Probleme mit den Entscheidungen des Verteidigungsministeriums haben. Bei mir sind Sie damit an der falschen Adresse."

Dass der Mann so abweisend reagierte, konnte sich Lewenkühn nicht anders erklären, als dass er der populären Meinung wäre, das Militär sei unnötig und koste nur Steuergelder, die man woanders besser gebrauchen könne. Er spürte, wie schwer es ist, für Menschen zu arbeiten, die diese Arbeit im Grunde verachten. Und vergaß dabei, dass Politiker niemals eine eigene Meinung besitzen, sondern immer nur die passende Ansicht vertreten. Lewenkühn warnte: „Wenn Sie immer mehr Kasernen schließen, wird es bald niemanden mehr geben, der Deutschland vor seinen Feinden beschützt."

„Mann, wo leben Sie denn?", fragte der Beamte zurück. „Ein Volk muss heute mit ganz anderen Mitteln beschützt werden, als Sie sich das vorstellen! Da unten", und ich fragte mich kurz, ob wir schon über Bad Sifismus seien, „laufen hunderte von übergeschnappten Terroristen herum, die nur darauf warten, irgendetwas in die Luft zu jagen. Und Sie denken, ein paar Kasernen könnten sie davon abhalten? Mann, haben sie denn seit dem 11. September geschlafen?"

Lewenkühn zog die Stirn in Falten. Er sah jetzt aus wie Kastor und Pollux und ich erschrak. „Herr Doktor Schreier", sagte er, „glauben Sie nicht, dass ein Land, das sein Militär abbaut, für Terroristen attraktiver ist, als eines, das sein Militär behält?"

„Ich glaube, dass die Sache erledigt ist, und ich möchte mich mit Ihnen nicht mehr über das Thema unterhalten."

Da hatte er es schwarz auf weiß. Er musste es im Grunde nur noch verstehen. Auf der einen Seite befand sich das Volk, das mit Sprengstoff hantierte und jeden Augenblick einen Krieg anzetteln konnte. Denn, wenn in dem Waffenlager einer einen falschen Knopf drückte und dabei das richtige Ziel traf, war die Katastrophe perfekt. Genauso perfekt übrigens, wie wenn das Bundesministerium von dem Waffenlager erfuhr und die Sifismer durch Nachstellung zwang, den gleichen falschen Knopf zu drücken.

Auf der anderen Seite befand sich der Staat, dessen Aufgabe es Lewenkühns Meinung nach war, die Menschen und ihre Freiheit zu schützen. Dieser Staat entzog sich seiner Verantwortung und machte mit der Schließung der Kasernen einen geschlossen Rückwärtsschritt. Lewenkühn, der ein Teil dieses Staates war, wollte den Schritt nicht mittun und war auf diese Weise zwischen die Fronten geraten.

Deshalb wären zwei in den Himmel geöffnete Handflächen und das kurze Heben der Schultern zweifellos die vernünftigste aller Gesten gewesen. Lewenkühn hätte sich, nachdem er begriffen hatte, dass sich weder Staat noch Volk um das Vaterland scherten, auch nicht darum scheren sollen. Er hätte sich, da er auf verlorenem Posten stand, ebenfalls zurückziehen können. Alles andere war pure Dummheit oder hartnäckiger Idealismus.

Er sah es anders, das ahnte ich düster. Als ich gerade in den Anblick einer Kumuluswolke versunken war, änderte er die Richtung und zog hart nach rechts. Der Motor grollte auf, als er den Schubhebel durchdrückte und wieder beschleunigte. Die Maschine gewann rasch an Höhe und ich wurde mit Macht auf den Schoß des Beamten niedergedrückt. Da rief der Mann ins Mikro: „Was zum Teufel machen Sie?" und klopfte gegen die Trennscheibe, weil Lewenkühn nicht reagierte.

Bei 12.000 m ging die Livingstone in die Waagerechte. Wir hatten das Bergische und auch das Sauerland hinter uns gelassen und überflogen Köln in nordwestlicher Richtung. Der Rhein lag unter uns wie ein blasser Wollfaden, den ein unachtsames Kind verloren hatte. Als Lewenkühn die Nachbrennerstufe überprüfte, meldete sich die Schanze. „Hauptmann Lewenkühn, was machen Sie? Nehmen Sie sofort wieder Kurs!" Der Hauptmann antwortete nicht und unterbrach mit einer kleinen Bewegung des Zeigefingerknöchels die Funkverbindung.

Da bemerkte ich, dass Lewenkühn langsam seine Form verlor, dass er mehr und mehr zusammenschmolz wie Pudding. Sein Gesicht war ohne jeden Ausdruck.

Schreier tobte. Er stampfte mit den Füßen gegen die Trennwand und krallte sich in das Leder seines Sitzes. Lewenkühn dagegen war völlig ruhig. Er sah, dass der Nachbrenner und das Triebwerk in Ordnung waren, dass Hydraulik und Radar vorschriftsmäßig arbeiteten, dass der Entfernungsmesser eine bekannte Zahl zeigte.

„Das wird Sie Ihre Entlassung kosten!", piepste Schreier atemlos.

Dann senkte sich die Livingstone wieder und erstickte, was immer der Beamte an Drohungen noch auf Lager hatte. Sie sank auf 11.000 m, dann 10, dann 9. Bei 7.000 m bewegte Lewenkühn das Seitenruder und der Jagdbomber neigte sich nach links. Aus dem Augenwinkel sah ich einige Lämpchen auf der Seitenkonsole neben Lewenkühns rechtem Arm aufblitzen und konnte nicht mehr mit Sicherheit sagen, ob die Maschine Waffen geladen hatte oder nicht.

Mich durchzuckte der Gedanke, Lewenkühn könnte die Bomben abwerfen und so ein Zeichen seines Widerstands setzen. Schreier, dem vielleicht die gleiche Ahnung durchs Mäusehirn geschossen war, kreischte: „Sie können mich nicht zwingen!" Damit meinte er seinen Einfluss auf die Giftliste des Verteidigungsministers. Aber, als ich nachdachte, begriff ich, dass Schreier überhaupt nichts mit dem zu tun haben konnte, was Lewenkühn jetzt plante. Dass Schreier einfach nur da war wie die Luft in einem leeren Rumpftank oder die unendliche Weite des Himmels über den Wolken. Denn das Werkzeug Schreier hatte schon in dem Moment versagt, als es genervt die Frage gestellt hatte, ob die Angelegenheit nicht noch Zeit habe.

Lewenkühn flog eine Schleife über der Jülicher Börde und raste dann in 3.000 m Höhe entlang der Rur auf Düren zu. Als kurz darauf Bad Sifismus am Horizont erschien, weinte Schreier. Aber Lewenkühn flog nicht zur Schanze – weder um zu landen noch um seine Bomben abzuwerfen – sondern kreuzte den steingrauen Himmel über Tete in weniger als 2.000 m Höhe einmal, zweimal, dreimal.

Unten sah ich die Leute wach werden und auf die Straße hinausrennen. Ich sah sie nach oben schauen, schreien und mit den Fäusten drohen. Manche hatten auch Gewehre dabei und zielten hinter der Livingstone her. Aber jedesmal, wenn sie nah genug war, warfen sie die Waffen weg und hielten sich die Ohren zu.

Dann ließ Lewenkühn von Bad Sifismus ab und wandte sich dem Waffenlager zu. Er kreuzte auch hier, schaffte es aber kein zweites Mal, weil ihn andere Jäger inzwischen eingeholt hatten. Sie zwangen ihn, nach Süden hin auszuweichen, und er stieg steil in die Höhe. Dabei verlor Schreier das Bewusstsein und fing an, mit dem Kopf in den Gurten zu baumeln.

Plötzlich zog Lewenkühn nach links unten und fiel unerwartet wieder auf 2.000 m Höhe hinab. Die anderen Jäger verloren ihn für einen kurzen Moment und er konnte zum Waffenlager zurückkehren. Auf halber Strecke eröffneten sie hinter ihm das Feuer und Schreier, der kurz zu sich kam, um den Vorgang zu bemerken, fiel erneut in Ohnmacht.

Lewenkühn ignorierte die Warnschüsse und erreichte die Halle unversehrt. Aber gerade, als er sie überfliegen wollte, zündete eine Rakete. Sie schoss durch das Dach der Waffenhalle und Lewenkühn entkam ihr nur mit Glück durch ein jähes Herumreißen des Seitenruders.

Ich war wie versteinert und starrte aus dem Fenster, an dem die Rakete vorbeigezischt war. Als Lewenkühn nördlich der Halle wieder aufstieg, sah ich, dass auch die Rakete ihre Richtung änderte und mit ungeheurer

Geschwindigkeit auf uns zujagte. Es musste sich um eine Rakete mit Infrarotsystem handeln, die der abstrahlenden Hitze des Jagdbombers folgen konnte.

Die anderen Jäger drehten ab, als sie die Rakete bemerkten. Für sie und mich war der Angriff aus der Lagerhalle völlig unerwartet gekommen. Nur Lewenkühn wirkte ruhig, als hätte er fest mit ihm gerechnet. Er drehte und steuerte erneut auf das Waffenlager zu. Dann senkte Lewenkühn die Livingstone, bis das kalte, dürre Radom wie der zittrige Besen einer Hexe auf die Stelle im Wald zeigte, wo das zerstörte Dach des Waffenlagers aufblitzte.

Erst als ich mich zu Schreier umsah, der bewusst- und ahnungslos zwischen den Gurten nickte, und ein leises Pfeifen, das von der Rakete stammte, vom Grollen des Flugzeugmotors unterschied, begriff ich, was Lewenkühn vorhatte. Aber da war es längst zu spät.

Er drosselte die Geschwindigkeit und jagte die Livingstone in das Waffenlager hinein. Es explodierte sofort und zuckte als riesige Stichflamme auf. Keine Sekunde später donnerte die Rakete hinterher und eine dichte, heiße Rauchsäule verdunkelte den Himmel. Dutzende Male explodierte und knallte es noch, wenn sich ein Eimer mit Munition oder eine Granate entlud. Auch der Wald fing Feuer und loderte hell auf. Es knackte und brannte überall.

Löschflugzeuge schwirrten bald darüber und konnten

doch nichts mehr retten. In der Schanze ging die Sirene stundenlang, die nächstgelegenen Häuser in Bad Sifismus wurden evakuiert und überall fuhren Militärfahrzeuge, wurde abgesperrt und gegraben und gegraben und abgesperrt. Ich glaubte sogar gesehen zu haben, wie jemand einen Wassereimer trug, und lächelte wie irrsinnig über die Nutzlosigkeit all dieser Hilfen.

Dann, als die Livingstone und die Waffen, die Halle und der Wald verschwunden waren und das Feuer keine Nahrung mehr hatte, löste sich das Inferno auf und glühte und dampfte nur noch an einigen Stellen. Das Chaos und der Rauch legten sich und zuletzt barg man die verkohlten Knochen dreier Menschen aus dem Ruß. Einer von ihnen wurde als Kind identifiziert. Das war für mich keine Überraschung, denn ich hatte längst begriffen, dass Lewenkühn die Rakete nur zum Zeichen dafür gebraucht hatte, dass sich der Junge in der Halle befand.

Die verwaisten Eltern bedachte man deutschlandweit mit Beileid und Geweine. Schreier erklärte man zum Ziel und Opfer des Unglücks. Manche behaupteten sogar, Lewenkühn selbst habe das Waffenlager angelegt, um Schreier, wenn er nicht kooperierte, zu vernichten. Das Militär zeigte sich entsetzt und entschuldigte sich bei allen Beteiligten. Ich schwieg.

Das pompöse Begräbnis für den Jungen und den Ministerialbeamten fand zwei Wochen später stand und wurde von allen wichtigen Fernsehsendern live übertragen. Keine Schlagzeilen machte die Schließung der Schanze einige Zeit später. Denn, was wussten die Menschen auch von den wahren Ereignissen und den Widersprüchen eines jungen Soldaten, der von der Gemeinschaft, die er schützen wollte, zum Feind erklärt worden war? Was wussten sie von dem Dilemma, das sein Versagen an Eid, Dienst und Glaube für ihn bedeutete? Was wussten sie von dem Kampf, den er ausstand, als er drei Leben vernichtete?

Nicht mehr als ich, nehme ich an, und damit fast gar nichts. So, wie in den meisten Fällen, wenn irgendwo ein Unglück geschieht. Das mag an unseren harten, versteinerten Herzen liegen oder unsere Herzen an solchen Nachrichten. Der lebendige Stein, verfolgt von den eigenen Jägern, von der Rakete der Sifismer und von mir, war am Ende auch zu einem Hühnergott geworden und hatte mit dem Ministerialbeamten die eigenen und mit dem Jungen die anderen Leute getroffen. Ich hatte ihn vor nichts von all dem bewahren können und wohl sogar meinen Teil zu der Verwandlung beigetragen.

Deshalb frage ich mich jetzt manchmal, was es auf sich hat mit all der verlorenen Freiheit. Nur eins darf auf keinen Fall vergessen werden, wenn wir auf der nächsten Zugfahrt Lewenkühns Geschichte disku-

tieren: nichts ist wertvoll genug, ihm ein Menschenleben zu opfern.

LAYAMON

Der Herbst hat die Stadt überfallen. Wütend schlägt er seine unerbittliche Faust auf die träumenden Straßen und erschreckt die Schwachen mit böser Vorahnung. Oben, die Wolken hängen runzlig und grau und dickbäuchig. Und dahinter beweint die Sonne ihren Sommer. Es wird kalt, mein Kind. Alt, mein Kind.

Als ich mich erinnere, zerreißen die himmlischen Riesen und der Regen prasselt wie Feuer: flüchtige Erlösung. Hinterher schwimmt der Müll auf den Straßen wie die Sehnsucht auf der Seele. Der Abend schleicht mit müder Maske: Herbst.

Bin ich ein Mensch? Oder ein Spiegel? Kann ich denken und fühlen? Ist alles so fremd, so still. Wem mag die Hand gehören, die mir vor den Augen zittert? Wem die Augen, die das Zittern sehen? Ich friere an diesem Tag, dem ersten oder dem letzten. Und zähle die Schritte auf dem Weg: *eins, zwei* Sein Ende verschwimmt im Nebel. *drei, vier, fünf* Eine Frage im Kopf. *sechs, sieben* Schneller ausgesprochen als begriffen: bist auch du den Weg gegangen, als dich nichts mehr bei mir hielt? Kein Gefühl, kein Wort, kein Es-war-Einmal? Als mein Name dir seine Bedeutung verlor.

Kein Atem mehr in meiner Kehle, tönen auf plötzlich verzaubertem Weg. Meine Füße, meine Augen, sie meinen mit einem Mal, ich wäre doch nicht allein. „Du warst hier", sagen sie, „und jenseits des Nebels träumst du sicher noch." *acht, neun, zehn* Aber zu spät. Ich halte sie zurück.

„Da gibt es nichts", antworte ich kalt auf ihre brennenden Fragen.

Ich gehe in einer klagenden Stadt, die ratlos nach dem Sommer sucht. Habt ihr es nicht bemerkt, ihr Menschen, dass ich verloren bin? Doch ich schweige, bedacht, eure Gedanken nicht zu kreuzen. Ihr könntet mich finden und mich mit euch selbst verwechseln. Mit der Sonne eile ich in die Dunkelheit. In einem Raum erwarten mich Stift und Papier.

Die letzten Wochen haben einen anderen Menschen aus mir gemacht. Wenn ich es nicht besser wüsste, würde ich sagen, sie sind über mich hergefallen wie ein Rudel hungriger Wölfe, haben mich zerrissen, ausgeweidet und die ungenießbaren Stücke im Schnee verstreut liegen lassen. Wenn ich es nicht besser wüsste, würde ich sagen, du hast die Reste zusammengesucht und beginnst, meine Geschichte in ihnen zu lesen. Aber: was mir geschehen ist, hat keinen Grund. Es war weder geplant noch Willkür und auch zufällig war es nur dann, wenn es den Zufall nicht gibt. Du magst fragen, was das heißen soll, und ich muss dir gestehen, dass ich darauf keine Antwort weiß. Alles, was ich habe, das ist meine Geschichte und alles, was ich weiß, ist in ihr enthalten.

doch du papier und du stift wer hat euch erlaubt nach mir zu greifen mich hervorzuziehen aus dem strom der wörter ich habe euch nicht gerufen und soll euch doch gehorchen wollt mich nicht liegen lassen und vergessen geht doch zu anderen und fragt sie ich weiß nicht mehr als die die suchen die sich am ende etwas wünschen ich wünsche mir zeit will nicht denken will mich nicht erinnern ihr schweigt versprecht mir zeit zeit gegen die macht der zeit zeit gegen die fülle zeit zeit wie ein langes schweigen habe ich zeit

Genau entsinne ich mich des Tages, der dem Schmerz vorausging, wie die Nacht der Helligkeit. Jede Einzelheit sehe ich vor mir, höre jeden Gedanken. In Sätzen einer Sprache, die sich verschwendet hat. Wenn ich will, fühle ich sogar das Licht warm auf meiner Haut, spüre wieder deine Fingerspitzen verloren darüberstreichen. Nein, ich habe nichts vergessen, nichts.
Auch dich nicht, schwarzer Rabe, und deinen wilden Tanz auf dem Dach gegenüber.
„Wirst du mich vermissen?", fragtest du, als wir nebeneinanderlagen. Und meine zufriedene Stimme antwortete dir: „Ja, jeden Tag." Du umarmtest mich fest. Wir waren zwei Kinder, deren Liebe noch keine

überflüssigen Worte kennt. Und löstest dich von mir, um in den Zug zu steigen, den Rucksack auf dem Rücken, auf den Lippen mein Lächeln. Fuhrst hinaus in den Sonnenschein. Ich blieb im Schatten der Bahnhofshalle zurück und sah dir nach, so stumm und groß wie das Meer, das nirgends endet. Das dich nach Haus trägt und wieder zurückbringt. Woche für Woche.

Für uns war die Liebe neu und kraftvoll und taumelnd von der Nähe der Körper und abhängig von der Berührung unserer Blicke. So sehr, dass es wehtat, dich gehen zu sehen.

(Und ich möchte weinen, wenn ich heute an unsere Umarmung denke. Lika, es tut gut, das zu sagen, auch wenn wir längst wissen, wieviel uns fehlte.)

Auf dem Weg zu mir krächzte der Rabe. Er saß jetzt in einem Baum und übte Gesang. Wäre ich nicht stehen geblieben, um ihn zu imitieren, er hätte mich gewiss nicht bemerkt. So aber folgte er mir aufgebracht und neugierig bis zu meiner Wohnung. Und erst als ich hinterm Fenster den Arm hob, flog er träge davon.

Ich setzte mich auf den Boden zwischen die Kisten, die meine Kleider und Bücher verwahrten. Wenn Lika in einem halben Jahr zu studieren begann, würden wir zusammenziehen, hatten wir geplant. „Schöne Vorstellung", dachte ich. Träumte davon und wurde langsam zu einem der wartenden Kartons. Es war ein sonniger Nachmittag und ich sah, wie der Staub in Lichtkegeln tanzte. Das Fenster floss langsam von der Wand auf den Boden, kroch das Bett hinauf, fand dein Nachthemd, verharrte dort eine Weile und zog sich schließlich zurück.

Währenddessen schrieb ich dir einen Brief. Schrieb mehrere Seiten und sagte im Grunde nichts anderes, als dass ich allein war und dich vermisste. Lika nannte ich dich. Und du nanntest mich Layamon. Aber immer, wenn ich dich nach einem Grund dafür fragte, sagtest du: „Später. Später erzähle ich es dir."

Ich halte inne. Meine Gedanken folgen dir schweigend durch den jetzt kalten Abend. Zu Vieles haben wir uns nicht gesagt. Die Worte von Tag zu Tag verschoben auf ein Leben, das nicht zu erben war. Die Zeit vergeht und ändert alles. Und das Versäumte kann niemand erzählen. Bei den zerrissenen Stücken im Schnee ist es nicht zu finden.

Soll ich mir Vorwürfe machen? Was heißt es zu bereuen? Das Wort klingt fremd. Keine Musik, die man schon beim ersten Hören mitsummt. Hat es überhaupt einen Sinn? Wir lebten für den Augenblick, nie für ein Morgen, nie für ein Gestern. Denn, wenn man jung ist und wehrlos, muss man schnell sein, um dem Feind zu entkommen. Reue und Selbstvorwürfe halten auf.

Doch schau: die Lawine der Vergangenheit bewegt sich rasch. Ein Stein trifft auf den nächsten, schlägt ihn an und bringt ihn ins Rollen. Dann rennen die Erinnerungen zu zweit, zu dritt, zu viert. Sie nehmen mich mit, stürzen aus mir hervor. Siehst du es?

Ich hatte zuerst zu jenen gehört, die ihren Kopf allzu leicht verloren, wenn ein Mädchen gut aussah. Dann traf ich Lika. Und Lika war anders gewesen, von diesem Standpunkt her nicht zu begreifen.
(Darum glaube ich auch heute noch, dass ich dich wirklich liebte.)
Wir ignorierten uns, bevor wir ein Paar wurden. Denn wir waren nicht gleichaltrig und das machte damals einen wichtigen Unterschied aus. Aber nach einer Pyjamaparty erwachte Lika eher zufällig in meinen Armen und fand das lustig. Mir dagegen kam es mit einem Mal wie eine Herausforderung vor, der ich zögerlich nachgab. Unser Zusammenkommen ähnelte deshalb vielmehr einer langsam ausgehandelten Übereinkunft als dem Verlust eines Kopfes.
Unsere Beziehung führten wir seitdem vor allem an den Wochenenden, weshalb das Verliebtsein noch immer anhielt. Nur taten wir uns heimlich schwer, der Liebe auch zu vertrauen.

Weckerklingeln. Ich stellte es ab, blieb aber liegen und

schreckte eine Stunde später aus wirren Träumen auf. Ich weiß noch, wie benommen ich war. Gedankenfetzen trieben durch meinen Kopf und fanden keinen Halt. Das Morgenlicht stichelte mein Hirn.

Auf den Dächern gegenüber tanzten einige Raben, drehten sich im Reigen um eine unsichtbare Mitte, so schwarz wie sie selbst. Mein Körper erdrückte das Bett, nächtliche Bilder zerfielen zu Staub, rieselten langsam in die Wärme eines anderen Lebens...

Erneut schrak ich auf. Wieder überrascht und noch immer benommen. Dann fand mich endlich das Bad. Ein silberkalter Rausch betäubte meine Hände, mein Gesicht. Er wurde weiß wie Zorn, wenn ich weiter aufdrehte, und verschwand nutzlos, wenn ich gar nicht achtgab und die gedankenmüden Augen schloss. Sehen, sehen, sehen. Achtgeben, hinschauen, festhalten, was dem Moment entrinnt. Das Wasser sprach zu mir, weckte mich auf.

Mir gegenüber stand ich noch einmal. Erkennbar durch das blanke Fenster in der Wand. Auch dort wusch ich mir das Gesicht, rieb meine Augen, fuhr mir durchs Haar. Doch drang kein Ton herüber aus dieser zweiten Welt, wo die Seiten verkehrt und die Gesichter so flach sind wie Schatten. Kein Ton, kein Wort. Ich sah hin wie auf einen Fremden. Einen Fremden? Aber wusste ich nicht alles von ihm, selbst noch das Unaussprechbarste?

(Es klingt vielleicht seltsam für dich, ich weiß. Aber für einen kurzen Moment gab es auf die Frage statt einer klaren Antwort nur einen unüberhörbaren Zweifel in mir. Denn, wenn mein Innerstes ganz mir gehörte und nicht in jene Spiegelwelt hinüberwechselte, wenn ich also in mir blieb und das Bild keinen Teil an mir besaß, konnte ich dann noch behaupten, ich sah mich selbst in diesem Fenster an der Wand?)

Wer war der Schatten dann? Und was verband ihn mit mir? Seine Hände glichen meinen. Auch seine Arme, sein Hals. Selbst seine Ohren, sein Mund, seine Wangen. Doch er blieb eine Hülle, nur ein Umriss, ein Profil.

Ich sah in seine festen Augen. Sie versprachen Antwort, redeten wortlos von einem Darin *darin*. Ich fühlte plötzlich ein scharfes Ziehen in meiner Brust, einen Sog *sssog*, der mir den Atem nahm *naaahm*. Wie ein Strudel ergriff mich der Schatten *schschatten* und drehte *drehte drehte drehte* mich um eine unsichtbare Mitte. Die Welt verschwamm, das Licht wurde finster und ich ertrank in meinem eigenen Bild. Fiel in die starrenden Pupillen des kalten Schattens. Schneller und schneller verschlang mich die Schlucht, deren Schwärze mich schaudern und schütteln machte. Ich stürzte vorbei an meinem Hirn und an meinen Gedanken, hin durch eine leere Finsternis. Aus schwarz wurde rot. Es rauschte und rauschte in meinen Ohren. Ich fand kein Ende *ende ende* und dann – schlug ich auf. Hart. Dumpf. Fiel nicht mehr, lag und rührte mich nicht. Schwer und eiskalt strich ein Hauch über mein Gesicht.

Da begriff ich, wo ich war.

Die Finsternis, in die ich gefallen bin, das war der Tod. Kein Ding, kein Wesen, sondern ein Nichts. Eine bittere Mauer aus Dunkelheit. Eine unbegriffene Leere, in die nichts einging außer Leere. Eine fressende Bestie, die sich langsam und unaufhaltsam voranschob, die mein Bild von innen her verschlang, ihm Falten ins Gesicht würgte, ihm die Haare entriss, ihm die Haut verfleckte und die Zähne ausschlug. Dieses Nichts, durch nichts überwunden, ließ mein Bild leiden vor Schmerz, machte seinen Atem flach und stach ihm Nadeln ins Kreuz. Es saugte seine Zellen leer, löschte die Erinnerung, beugte den Willen, kalkte in Nerven, zog in Armen, stopfte in Adern, wühlte im Denken, griff es an, aus, unter, weg.

Die Finsternis fraß mein Bild. Darum konnte nichts in ihm sein, kein Gedanke, kein Gefühl, kein Laut. Aber der Fremde, dieser Tote blieb noch immer mein Bild, meine Hülle, mein Außen! Wenn er eines Tages zerfiel, zerfiele ich dann nicht ebenso? Und wenn meine Hülle zerfiel, hatte ich keinen Ort? Verwehte ich irgendwo unbemerkt? Flog vielleicht, aber hatte nichts mehr, das zu begreifen, keine Form, der Sinn zu geben war?

(Jetzt weiß ich, dass der Tod tief in mir selbst verborgen liegt und dort seit allem Beginn lauert.)

Und da erschrak ich in meiner Starrheit, in meiner eigenen Kälte. Ich erschrak und, indem ich meinen Mund zum Schreien öffnete, fiel ich aus meinen Augen und, als ich schreien wollte, brachte ich doch keinen Ton hervor. Ich hielt mich fest am Rand der Pupillen, im Grün und Weiß meiner Augen. Und zitterte am ganzen *ganzen ganzen* toten *toten* Leib.

Man hat mir die Geschichte von Hephaistos erzählt, Götterschmied und Hüter des Feuers: Hera, Zeus' Frau, erwartete einen Sohn. Als er geboren war, entdeckte sie seinen verkrüppelten Fuß, schämte sich lang und dachte endlich, die anderen Götter und vor allem Zeus würden glauben, sie selbst trage an der Missgestalt Schuld. Deshalb warf sie den Jungen angstvoll wie Unrat vom heiligen Olymp.

Er fiel tief, bis auf den Ozean. Doch Thetis rettete ihn und zog ihn auf. Als er älter war, wollte er sein Hinken durch Kraft ausgleichen, trainierte verbissen und sein Körper bekam eine schöne Gestalt. Aber je schöner er wurde, desto mehr stach der verkrüppelte Fuß hervor, den er deshalb verfluchte und wegen dem er Thetis schwere Vorwürfe machte. Sie widersprach ihm ebenso unnachgiebig und erzählte eines Tages die ganze Wahrheit. Da wurde Hephaistos zornig und beschloss, Rache an Hera zu nehmen. Aber Thetis riet ihm, vor allem klug und besonnen zu sein.

Deshalb formte er, nachdem er das Schmiedehandwerk erlernt hatte, einen goldenen Thron, den er Hera als Geschenk auf den Olymp sandte. Sie setzte sich ahnungslos darauf und freute sich sehr über den neu gewonnenen Reichtum, bis die Falle, die Hephaistos darunter verborgen hatte, plötzlich zuschnappte. Nun konnte sie nicht mehr fliehen, als der Hinkende vor allen Göttern mit scharfen Worten ihre Untat beschrieb. Er zwang sie zu antworten und ein entsetztes Raunen unter den Anwesenden verriet die Größe ihrer Schmach.

Zeus, der als gerecht gelten wollte und unter diesen Umständen keine Wahl hatte, bat seinen missgestalteten Sohn, er möge bei ihm auf dem Olymp wohnen, und rief eilig ein Fest für den Heimgekehrten aus. Man trank Nektar und aß Ambrosia in Mengen. Doch Hephaistos sehnte sich nach Lemnos zurück, wo er bis dahin gelebt hatte, und wollte den Olymp wieder verlassen. Er ging erhobenen Hauptes unter den starr zu Boden gerichteten Blicken der Göttermutter. Und er ging nicht ohne ein Unterpfand.

Als ich wieder zu mir kam, starrte mich durchs Fenster die nutzlose Sonne an, schien plötzlich reden zu wollen.

Doch warum? Hat ja sonst nie ihr Interesse gezeigt, immer nur geschwiegen und blöde gegrinst. Und es hielt mich fest ein einzig Wort, des Klang mir hat so fremd gemacht die Welt. Ich sprach es wie im Traum: „Warum?" Das ist die einzige Frage, die keinen Platz hat in unserem Sein. Denn der Weg zu ihrer Antwort verläuft jenseits des Verstands. Gerade dort, wo ich erwachte, als mir das Herz vom Nichts zersprang. Dann stand ich auf und folgte den Windungen einer Straße durch Häuserreihen und Parks, über Plätze und Kreuzungen. Freilich hätte ich nicht gehen müssen, hätte genauso gut liegen bleiben können. Doch nur der auf Heilung Hoffende findet seinen Sinn im Stillsein. Und hoffend war ich schon nicht mehr.

Ich stand also auf und folgte dem unmöglichen Weg, der die Frage nach dem Grund mit ihrer Antwort verband. Ich lief durch die Stadt, irrte umher zwischen den großen grauen Häusern und den kleinen krummen Menschen. Die Welt hatte ihre Maske abgelegt, ihren Frühling, ihr Licht, ihr Grün. Glotzte mich an mit blankem Schädel voller Hohn. Der Tod war jetzt überall, lauerte wie ein schwarzer Schatten hinter jedem Busch: tänzelte dort beschwingt um einen alten Mann, hüpfte hier um einen Kinderwagen, griff neben mir nach einem Stein und warf ihn in den Himmel, dass es donnerte. Irgendwer sah sicher hinauf, fing den Stein und starb am gleichen Abend.

Ich schwebte durch die Stadt, schwebte zwischen euch wie ein verbotener Gedanke. Die Welt drehte sich knarrend unter unseren Füßen. Und ich sah euch versunken in Rechnungen, sah euch geschäftig und sah euch müde, eilig, rast- und ziellos – ihr wart wie ich, von meiner Art: sollte der Tod denn Macht haben auch über euch? War euch das Gleiche vorherbestimmt wie mir? Und immer wieder tauchte der Schwarze auf, blinzelte mir frech aus jedem Auge entgegen, war Antwort und überall.

(Unsere Reden, Lika, unsere Gefühle sind unnütz und Verschwendung. Es gibt keine andere Welt, kein Asyl. Was bringen ein paar Jahre? Wir plappern, freuen und grämen uns, doch alles ist gleich, alles verfehlt die Seele, die blinde, die erst am Ende begreift, wenn der Leib aufschreckt und sich windet, obwohl das Grab längst zugeschaufelt ist und ein Alter vielleicht nur noch einmal mit dem Spaten die Erde fester schlägt. Ja, da erwachen wir und weinen und schreien. Aber dann ist es zu spät *zu spät*.)

Die Erde drehte sich unter unseren Füßen, ich ging durch Wände und Menschen. Sah euch beim Frühstück, beim Einkaufen, bei der Arbeit. Hörte euch stöhnen und hungern und spürte nichts von all dem. Ein Mann rief einer Frau etwas zu. Sie vernahm es ebenso wenig. Irgendwo verhallte das Lachen von

Kindern. Und plötzlich kam ich vor eine Uhr, deren Zeiger stillstanden. Sie sahen zu mir herab und weinten, weinten mit mir. Denn statt der Zahlen standen Buchstaben auf dem Zifferblatt. Buchstaben groß und schwarz und klar und kalt. Buchstaben, die sagten:

alles

sinnlos. Wir Menschen sind Sterbende unser ganzes Leben lang, sind Todgeweihte seit der Geburt.
(Was, frage ich, will einer nun sagen von Sinn und Antwort und Grund?)
Schwatzen drang zu mir, erfüllte meine Ohren. Ich schaute mich um und eure Lippen bewegten sich wild. Hundert Münder lachten und ich spürte, wie die Luft davon vibrierte. Alles in mir schnürte sich zusammen und verkrampfte sich auf einen winzigen

Punkt. Einen bitteren Urpunkt, der mit einem Mal explodierte: mir wurde speiübel und ich musste mich übergeben. Eckte an, stolperte, fiel und rannte weiter. Durch ein großes Haus, die Hand vorm Mund.

Auf einem Klo erbrach ich alles, was in mir war. Ich erbrach den Tod und meine Tränen. Sie strömten über erfrorene Wangen, bis diese endlich glühten und brannten und schmerzten: alles musste fort, heraus aus mir, mich loslassen, mich befreien – wenn es irgend möglich war.

Inzwischen ist es spät geworden. Das Papier und der Stift haben mich bis jetzt gefangen gehalten. Nun schließt die Müdigkeit meine Lider. Darunter bin ich mit dem Tod allein. Und was ich damals sah, als ich im Spiegel die Augen öffnete, wiederholt sich in der Stille. Stunde um Stunde quält es mich noch immer, lässt mich nicht los. Die Gedanken stellen ihr Hämmern ein, die Neuronen lösen ihre Synapsen auf. Und ich finde mich wieder dort, wo ich hingehöre – wie du.

Ich habe gesehen, dass das Leben ein Sterben ist. Mit dem Herzen zuerst, wie Saint-Ex. Mein Kopf hat es später begriffen. So viel musste zuvor noch geschehen, so viel. Ich werde Kraft brauchen, um davon zu erzählen. Deshalb schlafe ich ein auf den schwarzen Zeilen, ruhe mit ihnen auf dem Papier und träume.

Ich sehe mich noch immer jenseits der Illusion. Und ich bin ich, bin ich, bin...

...ich öffne meine Augen. Um mich her ist alles schwarz. Daher glaube ich zunächst, in einem Traum zu sein. Aber die Klarheit und die Kraft meiner Empfindungen lassen mich den voreiligen Gedanken wieder verwerfen. Ich liege stattdessen in einer Kiste und in meinem Rücken fühle ich das harte, ungehobelte Holz. Meine Arme zwängen sich in den schmalen Raum zwischen Oberkörper und Wand. Meine nackten Füße, vor Kälte ganz leblos, senden Schauer durch meinen Leib bei jedem Windzug, der durch die winzigen Ritzen zwischen den Bohlen flüstert.
Warum ich hier liege und was es bedeutet, kann ich mir nicht erklären.
Reglos und verwirrt blicke ich eine Weile in Richtung der Bretter, die die Kiste nach oben abschließen. Doch erkennen kann ich nichts. Dann beginne ich in der Finsternis um mich her, das weiße Licht des Mondes zu erahnen. Und als ich es in meiner Einbildung zu fassen vermag, starre ich solange darauf, bis sich meine Augen mit Tränen füllen. Das salzige Wasser läuft an den Schläfen hinab und sammelt sich in beiden Ohrmuscheln. Ich sehe den klaren Mond hoch über einem sich krümmenden Wald am schwarzen Himmel hängen, lausche auf das geheimnisvolle Heu-

len der Wölfe, die mein Bild lebendig werden lässt, und fülle meine Lungen mit dem Duft frischer Erde. Die Wölfe jammern und singen. Ihre Klagen teilen mein Sehnen, machen das Fremdsein erträglicher. Ich schließe die Augen und falle zurück auf den Grund meiner Seele. Hier ist alles ausgesprochen, nichts erfragt. Warm und weich, sanft und lautlos kommt die Erinnerung. Ich verkrieche mich in sie hinein und die Wölfe sind meine Brüder und der Mond mein fremder Vater. Er umhüllt mich und

ich

werde

zu

einem kleinen Jungen, der mit dem Holzschwert auf Bäume einschlägt: „Gebt acht, ihr unseligen Räuber! Ich bin der Ritter Lanzelot und werde die Edelfrau mit dem Leben verteidigen!" Genovefa hat sich aus Angst hinter einen Strauch geduckt und bedeckt mit den Händen ihre Augen. Doch der wahre Feind ist ein anderer, ist ein König, der mir die Geliebte raubt, wenn ich nicht damit rechne.

Lang. Lang ist das schon her, aber jetzt lässt es der Mond so wirklich scheinen, dass ich sogar die Splitter spüren kann, die mir bei jedem Schlag in die zarten, unbeholfenen Finger stechen. Ich habe es vergessen, übersehen, als hätte es nie eine Rolle gespielt. Und mir scheint es, dass, je mehr Abstand zwischen Vergangenheit und Gegenwart liegt, ich desto unsicherer werde, ob nicht vielleicht doch das Fallen in mein Spiegelbild und alles danach nur ein Traum gewesen ist. Mag doch sein, dass es gar nichts mit mir zu tun hat, sondern einem geschehen ist, den ich bloß davon reden höre. Mag doch sein, dass ich schon so lange in der Dunkelheit liege, dass mir die Fantasie Streiche spielt. Denn alles wird merkwürdig einfach, belanglos und austauschbar, wenn ich jetzt das Ende mit dem Anfang vergleiche. Gerade so, dass ich meinen könnte, ich lebte mein Leben, um es zu vergessen.

Die Alltäglichkeiten fallen ab von mir und was übrigbleibt, ist das Ewige, das Wahrhaftige, die Nacht. Diese Erkenntnis verändert mich seltsam. Mir ist jetzt, als würde sie mich rufen, als verlangte sie nach einer Tat, von der ich schon immer gewusst hätte, dass sie einmal gefordert werden würde. Und urzeitlich und tief in mir verborgen erwächst wie das Aufgehen eines Sternes eine alte, eine mächtigere Natur.

Ich beginne und spitze die Lippen. Langsam atme ich und mein Mund formt den ersten Ton, der die Welt verändert und das Jetzt zur Unendlichkeit reifen lässt. Die schwarze Kiste füllt sich mit dem rituellen Lied. Und ich singe es laut und rein.

„Hört ihr meinen Gesang, Brüder? Euch singe ich. Ich singe die Wahrheit. Ich verkünde die Rückkehr der ältesten Zeit."

Und dann vernehme ich ihre sanften Tritte nah bei mir. Die weichen Pfoten heben mich dem Mond entgegen. Ach, ich weiß ja, was geschehen wird, weiß, dass es keinen anderen Weg gibt. Und ihre Zähne tun dem Blut wohl, ihr Maul verzehrt, was sterblich ist, und durch sie werde ich zum Teil der ewigen Nacht, zum Stern, der heimkehrt aus Gefangenschaft.

Nur die ungenießbaren Stücke bleiben im Schnee verstreut liegen...

...ich erwache, noch bevor ich das Licht des Mondes erreiche. Es ist früh oder mitten in der Nacht. Draußen ist es dunkel und hier drinnen kalt. Die Lampe scheint noch immer, die Seiten sind zerdrückt: habe ich tatsächlich im Traum einen Blick auf mein Leben getan? Vielleicht sollte ich es eine Ahnung nennen. Alles andere könnte vermessen sein. – Nicht, dass das Leben ein Fluss wäre. Nur, dass sich ein Tag eben nicht von einem weiteren unterscheidet. Wäre nicht die Nacht, wir würden anders über uns reden, besser urteilen. Und was Viele den Lauf der Dinge nennen, würde sich rasch als Kreisbewegung enttarnen.

Ich bin einmal um das herumgegangen, was besser eine Ahnung hieße. Und will ein zweites Mal den Bogen vollenden. Denn ich weiß nun, dass ich schreiben muss. Meine, dass es erst danach vorbei sein kann mit all den Träumen und Flüchen. Der Stift wartet. Die Seiten auch. Ich hole mir eine Decke. Mir ist kalt, mein Kind.

Ich lese die letzten Sätze: ein Standbild, verschwommen. Dann klarer und ich bewege mich wieder darin. Das große Gebäude, durch das ich gelaufen bin, ist die Universität. Dort vor einem stinkenden Becken aus weißem Porzellan fühle ich den Schmerz und den Krampf in meiner Kehle, meiner Brust, meinen Augen. Die Wangen brennen. Dann folgt Bild auf Bild.

schweigsames papier wirst du verstehen was in mir vorging an diesem morgen wirst du mir vorwerfen was ich tat und was ich spürte ahnst du was es heißt zu sterben und wiederzukehren um wie ein rätsel zu existieren wirst du anklagen wie ein gesetz blind und erbarmungslos und ohne anhören meines namens

Ich kauerte neben dem beschmierten Klo und weinte, weinte noch immer. Die Tränen ließen die Welt nicht zerfließen. War keiner da, der helfen konnte? Niemand hörte meinen Schmerz. Niemand bemerkte, dass ich verzweifelte, dass ich an meinem Verstehen zerbrach. Also musste ich mir allein helfen. Schnell, bevor die Gedanken Erinnerung brachten! Musste den schwarzen Rachen stopfen, der tief in mir gähnte und Leere hieß.

Irgendwie.

Ich stand auf, hinkte hinaus, spülte mir den Mund, wusch die Hände, das Gesicht und zitterte erbärmlich vor dem Spiegel, von dem ich wusste, dass er da war: mir gegenüber.

(Das, Lika, zeigt, dass die Erinnerung mich schon eingeholt hatte und mein Weglaufen eine Selbstlüge war.)

Ich hinkte in irgendeinen Seminarraum, wo ihr schwatztet, lachtet und schriet. Aber ihr konntet mich nicht sehen. Ich blickte umher, suchte nach euren Augen, nach einer Seele, die sich nicht in all den leeren Worten vergaß. Sehnte mich nach einem unschuldigen Menschen. Unschuldig, weil er nichts wissen und auch nichts von Wissen sprechen sollte. Unschuldig, damit er mich nicht an mich erinnerte. Und an das, was nicht zu vergessen war. Einem, der mich in seine beschützenden Arme schloss. Und dabei nichts fragte, mich sanft streichelte, sanft, schützend. Denn vergessen wollte ich. Heimkehren und niemals von vorn beginnen.

Es fanden mich zwei Sterne, so blau und so weit wie ein Winterhimmel. In ihnen strahlte noch, was Hoffnung hieß. Nichts Finsteres, kein Ende war dort. Klar und rein. Zwei Engel, zwei Bergseen, auslöschendes, reinwaschendes, erlösendes Wasser. Ich hielt ihnen staunend Stand, bis sie sich zu Boden senkten.

„Wie heißt du?"

„Isra."

„Layamon. – Ist der Platz besetzt?" Statt zu antworten, nahm sie ihre Tasche vom Stuhl. Es war Unschuld! Neben ihr sitzend vernahm ich den fremden Duft von Leben und Gärten im Frühling. So riecht das Gras unter Bäumen im Schatten. Ihre Stimme klang so warm. Die Worte weich und ruhig. Ihr Haar war schwarz und kurz, ihre Lippen schmal wie ein Magnet. Ich sah eines ihrer Ohren: fein und zart. So ihr Hals: weiße Haut. „Hast du Lust auf einen Kaffee?"

„Ja", sagte sie mit einem Lachen, „hinterher."

Hinterher. Das Wort geisterte in meinem Kopf herum und suchte nach einer passenden Bedeutung: alles war zu Ende, was war hinterher? Da kam der Dozent und eure Reden verebbten, versickerten im Boden wie Wasser, das einen Abfluss gefunden hat. Und ich atmete plötzlich wieder allein, hoch über euch mit einer Antwort, mit meiner Verwundung. Allein, sichtbar und verletzlich. Instinktiv duckte ich mich, schickte mein Hirn dem Wasser hinterher.

Hinterher.

Ich zwang meine Konzentration auf das, was meine Blicke fingen: Hände. Isras Hände. Lange Finger, sinnliche Finger. Ihre Hand beim Schreiben, ihre Hand am Kopf, ihre Hände. „Isra", sagte ich zu mir. „Isra", und immer wieder, „Isra". Solang, bis ich den

Glauben an sie verlor: nein, sie war keine Hoffnung. Sie war auch nur ein Leichnam, ein Nichts. „Hinterher? Hinterher gab es nichts."

Ich sackte kraftlos zusammen. Meine Augen irrten durch den Raum: ihr blinden, ihr dummen, ihr einfältigen Menschen! Warum wart ihr so glücklich? Warum durftet ihr so zufrieden, so stumpf, so gleich sein? Ich ekelte mich vor der Welt. Ich ekelte mich vor mir. Was hatte ich bei euch verloren? Was hattet ihr mir zu sagen?

The premises for this discussion of death are based on: 1. death as the final validation of life, 2. death as a factor in the balance and totality of life, and 3. death as an aspect of the terminal quality of all single decisions in life. This triple meaning in dealing with death is based on the awareness of transcendence. This is explained in the traditional themes of literature concerned with comforting (1), the theory and application of grief (2), and the ars-moriendi literature (3). The final section of the lecture negates the possibility of reviving an established tradition of dealing with death because the termination of those traditions was a part of the criticism of transcendence and religion in modern times.

Tod als ein Faktor? Tod als Bestimmungsgrund des

Lebens? Wut stieg in mir auf, unsinnige Wut. Langsam zuerst, dann mächtig wie Flut. Als würde der Tod selbst seinen Zorn ausgießen in meine Hirnschalen, in meine Handschalen, die keinen Boden mehr fanden. Ich richtete mich auf, atemlos, bebend. Kreiste als Rabe krächzend über euren Köpfen, die nicht sahen, was zu sehen war; die nicht hörten, was man hörte, wenn man aufhörte.

Da fühlte ich Isras Hand auf meiner. Ein verzweifelter, gehetzter Blick aus meinen Augen antwortete ihr. So hinkte ich hinaus. Fort, nur fort von ihr! Irgendjemand schloss hinter mir die Tür und das Klacken der Klinke fuhr mir wie ein Messer ins Mark. Wie erstarrt stand ich da: eine Salzsäule im Urteil ihres himmlischen Gerichts.

(Auftritt des Blinden, Lika, dem man die Augen ausstach, dass er sähe das Verborgene und schaute, was vergessen. Ein Kürzen der Glieder, ein Verbrennen der Haut ist nicht qualvoller als solch ein Messer, das den Schädel zersticht, eindringt, sich windet wie die Schlange, der Tod. Früher war ich ein anderer.)

Ein neues Klacken brach den Bann. Isra trat zu mir, legte ihre Hände, ihre sinnlichen Hände, auf meine vor Wut verkrampften Arme. Ruhig, warm, langsam.

(Das ist die Rücksicht, die Elend lässt zu hohen Jahren kommen, höre ich den Blinden flüstern.)

Ich war müde und ließ mich flehend, bittend in

ihre Arme fallen. In ihren Augen rangen Sorge und Entsetzen miteinander. Welten entstanden und zerflossen darin, ergossen sich in ein Meer ohne Himmelslicht, versanken in tiefblauen Fluten. Galeeren zerbarsten im Sturm.

„Was ist los mit dir?" Sie zog an meinen Schultern. „Komm, setz dich mal!" Wir lehnten uns an die kalte, harte Wand und mein Kopf sackte auf die atemlose Brust.

„Soll ich besser einen Arzt rufen?"

Einen Arzt? Ein Lachen stieg in mir auf, gluckste in meinem Hals, würgte und verpuffte am Gaumen. „Nein, geht schon wieder."

Halt dich gerade, dachte ich, reiß dich zusammen, dachte ich, und sag endlich etwas Erklärendes! „tʰuːt mɪːr laɪt ɪç kʰan nɪçts dafyːr es ɪst aɪnfax pʰasiːrt kʰaɪne aːnʊŋ vas es vaːr" Die Worte stolperten Pausen. „vaːr das eːrste maːl ɪç kʰɔnte aɪnfax nɪçt meːr tsuːhøːren vas diː daː drɪn ɛrtseːlt haːben vaːr tsuː fiːl"

„Das habe ich gemerkt."

„ichhabemeineeigenemeinung. diebehalteichfürmich. vielleichtistesdas."

„Was?"

„ich meine den grund für meinen auftritt. vielleicht habe ich alles zu lange für mich behalten. und heute musste es raus."

„Du solltest es nicht so ernstnehmen."

Nicht? Wie konnte ich? Ich erlog mit winzigen Kräften eine verständlichere Welt, war in meiner Verzweiflung vielleicht sogar bereit, an die Lüge zu glauben wie das Minenfeld an die Zukunft – und sie warf mich mit jeder Replik zurück. Sprach ohne Pause Worte aus, die mich wie Giftpfeile dort trafen, wo ich meine Erinnerung gerade verbarg. Nicht so ernstnehmen? Ich bezwang mich. Noch einmal: „Ja", sagte ich, „ja, du hast sicher recht." Pause. Sauerstoff. Vielleicht half es, wenn ich in Bewegung blieb, wenn ich nicht aufgab, um nicht in das schwarze Loch zu fallen, das der Tod mir schaufelte und das beständig in mir brüllte.

„Willst du jetzt einen Kaffee?"

Sie lächelte, nickte und hakte sich bei mir unter. Vergaß ihre Sachen, ihr Schreibzeug, ihre Tasche und ging mit mir. Wehrlos hinkte ich an ihrer Seite: unsere Rollen waren durch mein Schreien im Seminarraum nicht so verteilt worden, wie ich es mir gewünscht hatte. Nun war sie die Starke und ich der Schwache. Sie kümmerte sich um mich und ich hatte Angst, dass diese Konstellation dazu führen könnte, dass sie mich bald bitten würde, mehr zu erzählen.

Aber zuerst überdeckte ihr Duft warm den endlosen Schlund in meinem Leib. Ihr strahlendes Lächeln erblühte auf meinem aschigen Zorn, war rot und gelb und weiß. Ich schmolz in ihrem Blut, zerging in ihren

Armen. Nahm es vielleicht nicht so ernst.

Inzwischen ist es hell geworden. Noch immer liege ich in die Decke gehüllt. Die Wärme hat mich erneut müde gemacht. Aber ich werde schreiben. Hinschauen, festhalten. Die Worte ziehen ihre Kraft aus dem ihnen zugeschriebenen Versprechen, Ruhe zu schenken. Eine Ruhe freilich und keinen Frieden. Die Ruhe eines Baumes vielleicht, der sich nicht neigt, wenn die Säge durch sein Fleisch fliegt wie durch Heu. Also mache ich mir einen Kaffee, rauche eine Zigarette. Essen kann ich nicht. Denn mir ist seit Langem elend zumute.

Es ist, als müsste ich durch das Schreiben alles noch einmal erleben: mit dem mitleidlosen Wissen um das nahe Ende. Grausam steht es jetzt vor mir und ich kann nicht weglaufen, kann mich nicht mehr hinter Unschuldigen verbergen. Es fehlt nicht viel, da würde ich einfach aufhören. (Denn ich kenne ja die Stücke, die du im Schnee ertastest, in Aussehen, Größe, Gewicht. Weiß blind, wohin sie gehören und wer seinen Namen darunterschrieb.) Es fehlt nicht viel, es bleibt so wenig. Aber dieses Stück ist unaufweichlich, unverschweigbar. (Und drängt zu dir.) Es gibt kein Fortkommen, keine Bewegung mehr, als die des Schreibens, des Erzählens. Kein anderes Leben als das beständige Hin und Her des Stiftes auf einem weißen, lauernden Papier. Minimierung, Einschränkung, Sterbenszitat. So muss ich die wenigen Kräfte, die mir bleiben, sorgsam verwenden und, wenn das irgend möglich ist, vermehren.

Ja, ich habe Angst. – Das ist ein Wort, nicht wahr? Wenn man genau hinhört, kriecht es am Ende. Schleicht sich ein, setzt sich fest. Und danach Stille, Warten, atemlos. Man fühlt sein Zittern aufgesogen von der Luft. Teilchen vibrieren, schwingen, klingen, singen eine wundersame Melodie. Sphärisch. Geigen im Nichts. Das ist ein Wort, nicht wahr?

(Du bemerkst, dass ich reagiere wie ein Ding, wie ein geschlagener Stein. Abwärts rollend, Halt suchend auf einem Weg, den ich nicht mehr wählen kann. Dem einfachsten! Mag sein. Dem einzigen? Gewiss. Aber was denkt ein Stein, wenn er begreift, dass er weder Arme noch Beine besitzt? Ich sage dir: er denkt nicht, er schreit. Aber wie schreit ein Stein, wenn er kein Maul hat? Ich sage dir: er bricht entzwei. Er bricht, weil er nicht anders kann und weil er doch zeigen muss, dass er ist. Er ist. Du bist. Ich bin. Sein. Stein.)

Mein Elend hat an jenem Morgen begonnen. Ich habe nicht darum gebeten, habe nicht das Leben verstehen wollen, war nicht auf der Suche nach Wahrheit gewesen. War glücklich und war es bei Lika. Kein Mensch tauscht Glück gegen Wahrheit ein. Und dennoch hat mich die Einsicht getroffen. Jetzt musste ich mit ihr zurechtkommen. Und bei Isra spürte ich, dass meine Flucht keine Geschwindigkeit erforderte.

Der Kaffee dampfte schwarz und unergründlich in den weißen Tassen. Wir saßen schweigend davor, gleich Menschen, die so viel gesehen haben, dass es keine Worte fassen. Ich war ruhiger geworden, zurückgetreten in die langen Reihen geneigter Schädel. (Das nennt man Weisheit, höhnt der Blinde in mir.)
Später unterhielten wir uns. Und entgegen meinen Erwartungen drehte sich das Gespräch doch um Isras Leben. Sie erzählte mir, wie sie zur Uni gekommen war, was sie studierte, welche Sorgen sie damit hatte und welches Ziel sie verfolgte. Wir kamen auf ihre Familie zu sprechen, auf ihre Heimat, ihre Kindheit. Und es endete damit, dass ich ihre Vorlieben entdeckte und sie mir vertraute Erinnerungen preisgab. Es endete auch damit, dass der eine den anderen hin und wieder wie zufällig berührte. Und diesen kurzen Augenblicken gehörte sogar noch mehr Aufmerksamkeit als dem, was wir auch immer hätten sagen können. Deshalb hatte keiner von uns Lust, das Treffen zu beenden, um wieder in den Alltag zurückzukehren. So schwänzten wir den ganzen Tag, tranken Kaffee und aßen Eis. Hinterher.
(Das kleine Café kann ich nicht wieder betreten. Denn ich denke, sie säße dort und wartete auf mich.

Sehe es genau vor mir. Und es müsste sein wie damals, als Tränen in ihren Augen standen.) Sie waren plötzlich aufgetaucht und hatten ihrem Blick das Zukünftige genommen. Ich fragte danach. „Nein, ich weine nicht", antwortete sie überrascht, „das ist nichts weiter." Ich schaute sie zweifelnd an und das genügte schon. Sie erklärte: „Ich muss jetzt nach Haus. Mein Freund wartet. Er denkt ja, ich wäre im Seminar und würde studieren. Er ist sehr eifersüchtig, musst du wissen. Und wünscht sich, dass ich immer gleich zurückkomme."

„Ach so?" Das war Enttäuschung. „Davon hast du mir nichts erzählt." Das war Überraschung.

„Wir sind verlobt." Sie hörte ihre eigenen Gedanken aus meinen Worten heraus.

„Oh!" (Wie vorwurfsvoll!) „Und wie heißt er?"

„David."

„David?"

„Ja", sie antwortete, als hätte sie es sich selbst bestätigt.

„Und wie lange seid ihr schon verlobt?"

„Fast zwei Jahre. Wir wollen nächstes Jahr heiraten."

Ich weiß nicht warum – vielleicht wegen ihrer Augen – jedenfalls hatte ich ehrliches Mitleid mit ihr. Auch für sie war alles entschieden. Im doppelten Sinn sogar. Sie hatte sich festgelegt und festlegen lassen. Es war zum Weinen. „Aber vielleicht auch nicht."

„Warum?"

„Naja, wir haben in der letzten Zeit ein paar Probleme. Es ist nicht mehr wie am Anfang. Eigentlich ganz normal, ich weiß. Und trotzdem habe ich es mir so nicht vorgestellt." Ich hatte Verständnis für ihre Situation, aber, dass sie das Aber bloß wegen mir vorbrachte, weil sie mich schonen wollte, übersah ich ganz.

Als ich zuhörte, fiel mir plötzlich Lika ein. Seltsam zwar, dass ich bisher nicht an sie gedacht hatte, aber verständlich, dass ich jetzt auf sie kam. Es war eine Gelegenheit und daher gestand ich Isra, dass es mir ein wenig so ging wie ihr. Für mich unerwartet sah sie sich daraufhin in ihrem fürsorglichen Opfer betrogen und war plötzlich kurz angebunden. Es blieb keine Zeit mehr, das geradezurücken, denn sie musste jetzt wirklich gehen und es wurde ein unbequemer Abschied zwischen uns beiden. Wir umarmten uns zwar anders, als es Freunde getan hätten – was irgendetwas bedeuten mochte – taten es aber so schweigsam wie tote Fische im brackigen Wasser.

„Bis morgen?"

„Bis morgen."

was macht einen empfindsamen Menschen aus eins ist gewiss man darf ihn nicht mit einer empfindsamen seele verwechseln denn um sich ungehindert zu äußern muss die seele den körper beherrschen empfindsamkeit aber und herrschaft sind unvereinbar weshalb anzunehmen ist dass sich eine empfindsame seele gar nicht zu zeigen vermag tiefe empfindsamkeit könnte daher nur von einem wesen erkannt werden dem körperlichkeit kein hindernis wäre uns aber denen körperlichkeit ein hindernis ist kann ein empfindsamer mensch nicht gleichbedeutend mit einer empfindsamen seele sein die überzeugung geht dahin dass ein empfindsamer mensch einen schwachen körper besitzt der einer allzu starken seele gehorcht darum ist ein empfindsamer mensch zwar ebenfalls ein leidender aber ein leidender am körper nicht an der seele früher einmal war ich vielleicht ein empfindsamer mensch

Auf dem Schreibtisch lag der Brief, den ich an Lika geschrieben hatte. Gestern. Vor einer Ewigkeit. Jetzt betrachtete ich ihn verwundert und konnte nicht umhin, ihn noch einmal zu öffnen, zu lesen. „Ich vermisse, vermisse, vermisse dich."
(Was ist der Mensch, was sein Herz?)
„Bin allein, allein, allein."
Layamon, kanntest du das Wort, das dir so leicht aus dem Sinn in die Hand rutschte? Hier erschien es so nichtssagend in seiner monotonen Einfachheit.
Lika. Arme Lika. Dein Name wie Wind im Birkenwald. Rauschen über Wiesen. Sonnenschein. Weiße Blüten in Händen und Haaren. Gelb tanzendes Mädchen, rot lachendes Kind. Die Blumen waren zart und

zerbrechlich. Ihre Wurzeln zu schwach, ihre Köpfe so voll. Voll wie das Leben im Sommer. Kam einer und brach dich, legte dein kleines Gewicht auf seine Brust. Zittertest und trankst aus seinem Herzen. Herz wurde Stein, Blume verdorrte. – Da wusste ich nicht mehr, was mir Isra war. Lika tanzte in meinen Gedanken.

In mich kehren, zu Lika rücken. Tanz, Junge, tanz! *Eins, zwei, drei, eins, zwei, drei*... Aber das waren ja Isras Hände, die ich fasste, drehte mich mit ihr. Was auch immer geschieht: erst die eine, dann die andere oder beide zugleich. Tanz, Junge, tanz! Die Liebe liebt das Wandern von der einen zu der andern, Gott hat sie so gemacht. Eine Wahl zwischen beiden? Warum? Alles war sterblich, alles war gleich.

Ich verschloss den Brief und nahm mir vor, ihn am nächsten Morgen abzusenden. Dann ließ ich ein Bad ein und ignorierte den Spiegel. Legte mich in das heiße Wasser. Seltsam fühlte ich mich. Seltsam? Woher kam die Leichtigkeit? Warum hatte ich gerade getanzt? In die Wärme getaucht, in Licht gebadet, Tage wie Federn, endloser Rausch.

(Nein! Wut. Hass.)

Der Stein im Innern soll kein Stein gewesen sein? War ein Sänger mit fröhlichen Liedern? Er stand vor mir und verneigte sich tief. Ich nannte meinen Wunsch: „Ein Lied will ich hören, das den Tod mir verlacht!"

Einen Stein so schwer wie Wasser
warf ich einmal auf ein Feld,
fühlte, wie die Erde bebte,
glaubte auch, es bebt die Welt.
Blicklos ging ich, kam nicht wieder
zu dem Feld und zu dem Stein,
ohne Herz ist alles leichter,
ohne Herz und ganz allein.
Nur der Mond wirft seinen Schatten
in der sturmdurchtobten Nacht
auf die Tränen meiner Augen,
trocknet ihre Kälte sacht.

Mit geschlossenen Lidern sah ich dem Sänger zu, lächelte beim wilden Tanz, den er vorführte und der so wenig zu den Worten und der Melodie zu gehören schien. Ich nickte leicht, aber in meiner Vorstellung war es ein großer Applaus. Den zollte ich dem Sänger als einem Verbündeten, als einem, dem ich glauben konnte, weil er schaute, als wüsste er, wovon er singt. Und ich rief ihn zum Mahl, rief ihn heran, einen Kelch voll Wein ihm entgegenhaltend. Er kam. Kam näher und umfasste mit dem Becher auch meine Hand: die Kälte war in ihm und ich vermochte nicht mehr, meinen Arm zu entziehen. Dann schaute er mich mit seinen blinden Augen fest an und das Lächeln meiner Lippen erstarb. Mit der anderen Hand fasste er sich

ans Kinn und zog die Sängermaske vom Gesicht.
Ertrinken. Blödes Starren. Sänger hat mich betrogen.
Hat eine Maske getragen und war doch: der Tod.
Hat sie von seiner Fratze gerissen und wild drauflos
gespielt. Lachen schwebte davon. Ließ mich ertrinken
ertrinken. Wortloses Starren. Sänger hat mich...
Ich stand wieder vor der kalten, finstren Wand und
fror, dass ich, obwohl ich doch im warmen Wasser lag,
eine Gänsehaut bekam. Konnte mich nicht bewegen,
war immer noch derselbe wie am Morgen. Schleppte
noch immer das tödliche Wissen mit mir herum.
Oh, hätte es nicht anders sein können! Hatte doch
getan, was ich konnte, hatte versucht, mich ins Leben zurückzuretten. Nein, es gab kein rettendes Ufer,
kein Asyl. Nichts und niemand konnte vor dem leisen
Feind bestehen.
(List. Last. Ich weiß, wenn einer tot und wann er lebt.)
Ablenkung. Weiter und weiter, solange die Beine tragen. Weiter durch das Dunkel, durch die Nacht des
Allanwesenden. Weiter auf Krücken. Und wenn sie
auch brechen. Schweigen, Erstarren. Und weiter, nur
weiter! Ertappt im Genuss. Scham meiner Dummheit. Es blieb, wie es war: alles durchdringend, alles
verschlingend.
Ablenkung.
In mir atmete es noch, wucherte im Trotz, den mir die
Illusionen aus früheren Zeiten zurückgelassen hatten.

Sie schienen mir wie Relikte aus längst vergessenen Tagen. Im Trotz sprach es: „Wenn schon, dann bin ich eben dumm!" Und ich rief mir Isras Bild zurück. Und Likas dazu. Sah sie beide vor mir. Hatte die Ohren voll Wachs. Zog sie in Gedanken aus. Schnell, rasch. Weiße Haut. Wie besessen nahm ich, was sie von mir trennte, berührte es und es wurde zu Luft. Arme, Hälse, Bäuche. Ich verschlang sie mit meinen Händen und mit meinen Blicken. Durch meine Bewegungen schwappte mir Wasser in den Mund. Ich verschluckte es, wie der Schwarze das Leben verschluckt. Dann kam die Scham wieder und ich ahnte, dass mein trotziges Pochen auf die eigene Dummheit ebenfalls gebrochen war.

Lika kam in Gedanken zu mir, schaute, als würde sie die verdammte Welt nicht mehr verstehen. Da kam sie ausgerechnet zu mir, um eine Antwort zu finden! Was sollte ich ihr denn sagen?

Dann sprach der Reiche: „Ich bitte dich, schicke Lazarus in das Haus meines Vaters! Denn ich habe noch fünf Brüder. Er soll sie warnen, damit nicht auch sie an diesen Ort der Qual kommen."
Abraham aber sagte: „Sie haben Mose und die Propheten, auf die sollen sie hören."
Er erwiderte: „Nein, Vater Abraham, nur wenn einer von den Toten zu ihnen kommt, werden sie um-

kehren."

Darauf sagte Abraham: „Wenn sie auf Mose und die Propheten nicht hören, werden sie sich auch nicht überzeugen lassen, wenn einer von den Toten aufersteht."

(Du würdest es nicht verstehen, selbst wenn ich es dir erklärte. Und auch, wenn du es glaubtest, würdest du doch fragen: „Warum zu ihr, zu einer Fremden?" Und ich müsste sagen: „Weil du nicht da warst." Willst du das hören?

Lika, das ist das Ende der Welt. Der Welt, wie sie dir vertraut war von Anbeginn. Von Anbeginn voll von Täuschungen, Gesetzen und Regeln. Und Regeln, die zu beachten dich zwangen in den Kerker der Vernunft. Der Vernunft, die ist wie ein schwarzes Tuch vor den Fenstern der Seele. Der schönen Seele, die sich flüchtet vor der Wahrheit. Der Wahrheit, die da ist: es gibt kein Gesetz.

Ich weiß, wie viele Vorwürfe auf deinen Lippen zittern und mir ins Gesicht, ins Hirn springen wollen. Aber es gibt die alten Plätze nicht mehr. Die Plätze, die wir teilten. Ach Lika, deshalb frag nicht! Frag nicht und sieh nicht zu mir, wenn ich mich setze und eine Zigarette rauche. Noch eine und noch eine. Wenn es sein muss, bis zum Morgen. Denn ich weiß nicht, wie ich wieder einschlafen soll.)

Das Pfand, das sich Hephaistos von seinem Vater ausbat, war seine Halbschwester Aphrodite. Sie, die Göttin der Liebe, gefiel ihm sehr und schien gerade darum, das begangene Unrecht entsühnen zu können. Man erzählt, dass Aphrodite einwilligte, weil Hephaistos stark war in jeder Hinsicht und bis auf den verkrüppelten Fuß auch nicht hässlich. „Wenn es mit ihm einmal keine Liebe und Leidenschaft mehr gibt", so dachte sie wohl, „werde ich sie woanders finden. Das kann mir niemand verbieten."

„Ich habe Sehnsucht nach Haus", sagte sie dann manchmal. Und Hephaistos, der verliebt war, hielt es für seine Pflicht, nachgiebig zu sein, und ließ ihr die Besuche im Olymp.

Nach der Anerkennung als legitimer Sohn des höchsten Gottes und seiner Vermählung mit der schönsten Frau des Olymps war der naive Hephaistos mit vollständiger Blindheit geschlagen. Und er achtete seine Gemahlin so hoch, dass er weder über ihre Vergangenheit noch über ihre Besuche mehr in Erfahrung zu bringen gedachte, als sie für notwendig hielt, ihm zu erzählen. So stand er oft allein in seiner Schmiede und lächelte einfältig vor sich hin, während andere Götter ihre Waffen in die zuckenden Flammen hielten.

Am Morgen fand ich Tränen auf meinem Kissen und

ich dachte zuerst, dass Lika wirklich bei mir gewesen war. Doch musste ich die Möglichkeit wieder ausschließen, als ich ganz wach wurde und mich an ihre Zuverlässigkeit erinnerte. Für sie war gestern nur ein Tag wie jeder andere gewesen: ganz ohne Grund für einen überraschenden Besuch. Mit diesem Gedanken tat ich ihr kein Unrecht, wusste ich doch, dass ich es war, der sie in dieser Unwissenheit ließ.

Was mich erstaunte, war, dass die Tränen dann von mir stammen mussten. Und ich fragte mich, woher sie so unbemerkt gekommen waren. Ich konnte nicht erkennen, welcher Teil in mir noch zu weinen vermochte, welche unauslotbaren Tiefen sich in Trauer trugen statt in Wut. Aber mit dem Kissen schob ich die Gedanken blicklos beiseite, ging ins Bad und zog mich an. Ich brauchte keine Uhr, um zu wissen, dass es Zeit war, Isra zu sehen.

Erst auf der Treppe fiel mir der Brief an Lika wieder ein und ich lief zurück, um ihn zu holen. Er sollte nicht abgeschickt werden, das sah ich ein. Stand zuviel drin, was längst nicht mehr stimmte. Doch welchen Schwachen tröstet Reue? So warf ich ihn trotzdem ein, gerade als mir Isra von Weitem entgegenwinkte.

Dass sie bereits wartete, erfüllte mich mit Freude, entlockte mir ein kleines Lächeln. „Stehst du schon lang hier?"

„Ich habe den Leuten zugeschaut. Sie sehen so glücklich aus. Vielleicht liegt es aber auch an mir."

„Bist du denn glücklich?" Sie strahlte mir wie ein Stich ins Herz. „Und hast du es noch rechtzeitig zu deinem Freund geschafft?"

„Nein. Ich kam eine dreiviertel Stunde zu spät und er war den ganzen Abend sauer auf mich. Er dachte gleich wieder sonst was."

„Ganz Unrecht hatte er nicht", versuchte ich in scherzhaftem Ton, „denn immerhin triffst du dich mit einem anderen." Sie sah mich mit ihren großen Augen an. Erwartung. Mut. So mutig. Isra so mutig.

„Lass uns von etwas anderem reden", bat sie.

„Du hast Recht. Uns bleibt nicht viel Zeit. Wenn der Tag zu Ende geht, will ich nicht denken, er sei verloren."

„Wieso verloren?"

„So viele Worte sind belanglos, sind geheuchelt, erzwungen. Ich bereue sie zum Schluss so oft."

„Nein", widersprach sie entschieden, „wenn du sie bereust, dann heuchelst du. Denn sie sind wichtig: du hast sie jemandem gesagt und dem hat es viel bedeutet."

„Wie kann es ihm etwas bedeuten?"

„Sollen es nur die großen Dinge sein, von denen man sprechen darf? Die kleinen Worte bewirken viel mehr."

Wir setzten uns auf eine Wiese. Ich vermochte nur

schwach zu erahnen, wieviel in Isra vorging. Es kostete
sie unendlich viel Kraft, mich anzusehen. Ihre Hände
zerknitterten die Halme der Gräser und suchten nach
Worten, die es vielleicht gar nicht gab. Inzwischen
ertrank ich im warmen Sonnenlicht, schwamm leise
dem Klang ihrer Stimme hinterher. Es brummten
die Käfer, die Erde pochte. Von fernher schwappte
Straßenlärm. Das sanfte Summen durchsickerte mein
Hirn, säuselte süß und endlos. Abgelenkt streckte ich
meine Hand nach Isras Kopf aus und fuhr ihr sacht
übers Haar. In ihren Augen sah ich mich kraftlos und
klein. Doch ich war auch schön.
(Es gibt einen Ausdruck in liebenden Augen, wenn
sie sich fest auf dich richten, in dich eindringen und
verschlingen, der bannt, festhält, anzieht.)
Unmöglich meine Augen aus ihren zu nehmen. Und
wie von selbst traten auf meine Lippen die Worte:
„Isra, ich verliebe mich

```
u           r                   in
    m       b           k           dich
                s       m
                        t
            l                   t
            s
e                                       e
u
                t               n
```

a

wir

n

waren   b

e   n   in

e

einem

wundersamen Zauber gefangen, schwiegen andächtig, bis die zarte Melodie verklungen war. In dem einen Moment gab es nichts, was den Bann hätte brechen können, nicht einmal das unaufhörliche Beben unserer Sinne. Isra lächelte ein kleines Erstrahlen in ihre Augen. Dann forschte sie in mir nach einem Zweifel, fand ihn nicht oder wollten ihn nicht sehen.

Und sprach: „Du solltest so etwas nicht sagen. Denn wie, wenn es mir genauso geht?"

„Geht es dir genauso?", fragte ich fast schon rücksichtslos und im Nachhinein scheint es, als hätte ein Zittern in meiner Stimme gelegen. Sie lächelte nicht mehr. Und nahe den befreienden Tränen erwiderte sie: „Ja. Ich verliebe mich in dich."

Ich sah mich am Ziel, nahm sie in die Arme, suchte ihre Lippen und küsste sie. Küsste sie und lachte, lachte aus voller Kehle. Habe Isra ganz übersehen. Denn sie konnte nicht lachen, nicht einmal lächeln.

Bewegte ihren Mund kein einziges Mal, als ich mich an ihm labte. Ich trabte hinkend und blind bloß den Pfad meiner Geschichte entlang.

(Heute tut es mir leid und ich wünschte, ich könnte es dir sagen; wünschte, du wärest noch bei mir. Oder du kämst zurück und unser unausweichliches Ende mag doch nicht unabwendbar gewesen sein. Reue? Wie seltsam. Was für Gebilde entringen sich meinem Verstand? Aber letztlich sind das nur schmeichelnde Worte, die verhehlen, dass mich die Nötigkeit quält, nach vorn und nicht zurückzugehen.

Ich konnte keine Rücksicht nehmen, musste mein Sterben über deine Unwissenheit setzen. Für dich befand sich die Welt in einer Ordnung und ihr zu folgen, war höchst befriedigend. Gewiss, du dachtest an David, wolltest ihm treu sein. Doch ich zwang dich, zog dich hinein in den Strudel meines Untergangs, gaukelte dir vor, dass es ein Leben voller Glück gäbe. Und vor allem, dass der Preis unendlich gering war. Du ahntest ja nicht, warum es mich so wenig kostete. Das Versprechen war süß und es lockte dich. Die Küsse brannten in deiner Brust, mein Lachen regnete auf dich nieder, wusch dein Gewissen fort und du taumeltest. Da habe ich mich in dir vor meiner Erinnerung versteckt.)

Ich sitze in meinem Zimmer und starre den Himmel

an. Berühre dort sanft dein Gesicht, atme dich. Und leide hier. Ich klebe an der Einsicht, mache mich vom Schreiben abhängig und vergrößere den Schmerz, der mich durch einen Tunnel schleift *der mich durch einen Tunnel schleift*. Das Licht an seinem Ende wird winzig, bis es endgültig verschwindet.

Es soll einer das Bild vom Himmel reißen, damit ich wieder schreiben kann! Ist denn keiner da? Wohin?

(Isra, wohin? Ich vermochte nicht, gut zu dir zu sein. War unfähig, dich zu verstehen, dich aufrichtig zu lieben. Ich kannte nur noch den Einen und missachtete die anderen. Und selbst mein spätes Verstehen muss dir wie ein Hohn erscheinen. Gib mich frei! Sieh nicht von dort auf mich herab! So ist es besser. Denn ich habe dich nicht geliebt. Mir fehlte jede Möglichkeit.)

Mein Atem geht schwer und meine Hände zittern erbärmlich. Blut ist aufs Papier gefallen und verwischt die Schrift: ein Ausbruch, ein Anfall. Es ist schwer, beständig zu sein, wenn man nichts als nur den Zweifel nährt.

(Ich wage mich sehr weit hinaus, indem ich die Worte so und nicht anders sage. Ich gehe diese Schritte, obwohl ich weiß, wie schwer es dir fällt zu verstehen. Ich suche nach Worten in deiner Sprache und nach einer Brücke, die uns auch jetzt noch verbinden könnte. Jetzt noch und nicht etwa, weil noch Glauben wäre, sondern weil keiner mehr ist und man gerade darum etwas sagen muss.

Vielleicht erinnerst du dich an den kleinen Vogel, den wir unterhalb seines Nestes gefunden hatten, und daran, wie verzweifelt er um Hilfe tschilpte. Seine Geschwister oben im Baum zwitscherten auch und zwar, weil sie hungrig waren. Ich habe mich oft gefragt, wer wohl mehr oder wenigstens als erster Erlösung verdiente und ob es überhaupt einen Unterschied zwischen ihnen gab. Hast du heute eine Antwort darauf?)

Mit dem Eingeständnis unserer Liebe hatte sich alles verändert. Die Distanz, unser beobachtender Blick, unser traumschwangeres Warten, alles das war nun vorüber. Was folgte, hieß Nähe, Berührung, Vertrauen. Wie sich Glaube in Wissen erlöst, befreite sich die Sehnsucht im Jetzt. Und jeder weitere Kuss war ein Fest aufatmender Seelen. Wir überfluteten einander, veränderten uns wie Farben im Licht. Du sagtest, sogar mein Atem sei anders gewesen, tiefer, weiter. Wir waren erfüllt vom warmen Verlangen, zerfielen ineinander, erblühten aus uns. Wir liefen trunken durch die Stadt, als wäre sie eine Oase und wir ihre einzigen Kinder. Jeder Hauseingang lockte mit seiner Verschwiegenheit und nur selten haben wir widerstanden.

Auf der Überholspur raste die Zeit aus der Stadt, dann waren wir bei mir zu Haus. Ich bemerkte dein

Zögern. Aber woher Regeln nehmen? Mitten im Zimmer standen wir uns gegenüber, sahen uns in die Augen, wagten uns in Gedanken vorsichtig voraus. Dann hielt ich dir meine Hand entgegen. Du nahmst sie und ich zog dich zu mir. Du senktest den Blick, schienst wieder zu zögern. Ich fasste auch deine andere Hand und hob unsere Arme zum Fliegen auf. Sonst berührte sich nur unser Atem. Dein Blick auf meinen Mund gerichtet. Eiskalte Hände, Beine wie Luft. Wir schwebten, als unsere Lippen tanzten. Als sie tanzten auf weißer Haut, einen wilden Tanz, einen ewigen Tanz, einen bebenden Tanz. Überrascht suchte ich immer wieder nach deinen Augen, wollte dich halten, mich halten. Doch mir fehlte alle Kraft, war verschlungen ganz in dir.

Die Raben auf dem Dach standen still und krächzten leise. Ihre zähen Augen fingen ein Licht, als ob die Welt sich trennte, davonflog wie sonst nur sie es taten, die jetzt Versteinerten.

Später lagen wir auf dem Bett, Arm in Arm, liefen in Gedanken vorsichtig zurück. Die Raben gewannen wieder an Bewegung. Und ich versuchte zu ordnen, besah alles kalt, ohne Gefühl. Es reihte sich Szene an Szene, doch ihr Anblick rührte mich nicht mehr. Besah man es genau, dann war ich, was immer du willst. Aber ich liebte nicht. Gewiss nicht. Und das hieß, ich hätte Isra sofort vergessen können. Freilich wollte ich gerade das nicht einlösen, aber doch nur, weil es mir nichts genützt hätte. Ich brauchte sie, ich benutzte sie. Sie lenkte mich ab. Deshalb war Isra die Ursache meiner Ruhe.

Da lag sie friedlich neben mir, nichts wissend von ihrem größten Irrtum. Was sie wohl dachte, was sie wohl träumte? Malte sie vielleicht an einer Zukunft? Es überkam mich ein kalter Schauer. Denn welche Macht hatte ich zu verhindern, dass sie mehr wollen würde? War es nicht sogar möglich, dass sie sich von David trennte, um bei mir zu bleiben? Ich erschrak tief in mir und erkannte, dass diesmal der Tag schon vorüber war, ehe die Sonne unterging. Dass es zu Ende sein und eine neue Suche beginnen musste. Denn ich hatte nicht vergessen, warum ich Lika betrog.

Ich betrachtete Isra fast, als hätte ich sie noch nie zuvor gesehen. Gedanken fielen vom Himmel, die mich heute mit Abscheu erfüllen. Sie flüsterten zu mir von Befreiung und davon, dass Isra bloß eine unter vielen war.

Hier lag ein Tier, mehr tot als lebend, das von Menschen sich nährte, wie der Eine es ihn gelehrt hat. Und es stand auf, zog sich an. Sie sah mir währenddessen ohne eine Regung zu. „Ich will mir was zu trinken holen." Immer noch keine Regung. In der Küche dachte ich darüber nach, wie es anzustellen wäre, dass Isra verschwand. Es gab nichts mehr zu sagen. Alles belanglos.

Da stand sie plötzlich hinter mir, berührte mich, flüsterte: „Ich liebe dich." Was sollte ich sagen? Ich wiederholte die Worte trocken.

„Denkst du an Lika?"

„Ja." Nein. Aber das war ein Weg. „Sie kommt heute zurück", log ich ihr vor. Da ging sie und zog sich an.

„Ich werde gehen."

„Bist du sicher?"

„Nein. Lieber würde ich bei dir bleiben. Aber David wartet ja auch." Guter David, braver David.

Ein langer Abschied, quälend lang.

„Sehen wir uns morgen?"

„Natürlich."

Ich lächelte bloß, dann war ich wieder allein.

Bilder schwirrten durch meinen Kopf.

Am liebsten ging Aphrodite mit Ares ins Bett. Denn er verstand es am besten, sie zu verwöhnen. Oder auch nur, still zu halten, wenn sie sich bewies, dass noch Leben in ihr war, dass die Ehe mit dem Hinkenden es ihr nicht zu rauben vermocht hatte. Sie trafen sich heimlich und liebten sich voller Ekstase.

Einmal, so will es die Überlieferung, hatten sie sich auf Rhodos versteckt. Ruhige Stunden folgten auf wilde und da klangen dumpfe Schläge von Lemnos herüber. Beide bemerkten es zur gleichen Zeit, sahen sich überrascht an, begriffen, dass es Hephaistos war, der dort fleißig hämmerte – und lachten.

Sie lachten so laut und böse, dass Helios am azurnen Himmel in seinem Lauf verwundert innehielt und der Tag länger wurde, als jemals ein anderer zuvor.

Seither fühlten sich Aphrodite und Ares nur noch auf dem hohen Olymp sicher. Ihre vielen Kinder versteckten sie in Thrakien, wo Ares ihnen Krieg spielen lehrte und niemand je nach der Mutter fragte.

Ich schreckte auf, als das Telefon klingelte. Lika meldete sich mit freudiger Stimme: „Überraschung! Hallo Layamon, wie geht es dir?"

„Geht schon. Hallo Lika."

„Was ist denn los? Du hörst dich so müde an. Was machst du?"

„Nicht viel. Und du?"

„Ich wollte mich nur kurz melden, weil ich eine großartige Nachricht habe. Aber sag mir erst, ob du meinen Brief bekommen hast?"

„Deinen Brief?"

„Ja, er müsste heut angekommen sein."

„Oh, ich hab noch gar nicht nachgeschaut."

„Was? Was ist denn los mit dir? Freust du dich nicht, dass ich anrufe?"

„Doch natürlich. Ich hab dich vermisst."

„Überzeugend klingt das nicht. Aber weshalb ich anrufe: bei mir fallen morgen die ersten Stunden aus und da dachte ich, ich komme heute abend einfach mal zu dir. Ist doch in Ordnung, oder? Hattest du was vor?"

„Nein."

„Soll ich nicht kommen?"

„Doch. Doch, natürlich. Ist deine Lehrerin krank?"

„Keine Ahnung. Ist ja nicht so wichtig. Jedenfalls bin ich halb sieben am Bahnhof. Kommst du mich abholen?"

„Kein Problem."

„Gut, dann geh ich jetzt los. Du kannst ja inzwischen den Brief lesen! Ich liebe dich."

„Ich dich auch."

„Also bis dann." Sie legte auf, ich legte auf, die Welt legte auf. Es war, als hätte sich eine Prophezeiung erfüllt, an die ich selbst nicht geglaubt und die ich darum umso unbefangener ausgesprochen hatte.

Ich kam nicht dazu, die durch Isra gewonnene Ruhe auszunutzen: nach Verstehen zu suchen. Wieder wurde ich gezwungen zu reagieren, statt zu handeln, weiterzugehen, statt nachzudenken, weiter und weiter. Dabei wollte ich Lika gar nicht begegnen, jetzt nicht daran erinnert werden, dass die Menschen um mich her fremd geworden sind. Sie verlangten nach Rechenschaften, feilschten um Antworten auf törichte Fragen. Lika tat es auch und würde es die ganze Nacht lang tun. Darauf hatte ich keine Lust.

Doch gleichzeitig fühlte ich mich mit ihr verbunden, meinte aus einer seltsamen Überzeugung heraus, die sicher viel mit dem Wunsch stillzustehen gemeinsam hat, dass nichts und niemand uns trennen dürfe. Dass die Tatsache, dass ich nicht mehr empfand, was ich einmal Liebe genannt hatte, kein Grund war, eine Übereinkunft zu beenden, die eine zweijährige Geschichte hatte.

Ich stand auf, duschte, bezog das Bett, legte mich eine Weile hinein, verwischte alle Spuren, die Isra verraten konnten und betrachtete mein Werk. Denn im Prinzip ist es nur eine Frage der Intuition, der Imagination darüber, wie ein anderer die Welt begreift. In seine Wahrnehmung oberflächlich einzutauchen ist nicht unmöglich und führt zu dem Ergebnis fast grenzenloser Manipulation.

Ich besah alles, erkannte, dass ich mich sicher fühlen durfte und verließ die Wohnung, um Lika wie vereinbart vom Bahnhof abzuholen. Ich spazierte gemächlich und betrachtete gleichermaßen gelangweilt die Menschen, denen ich begegnete. Zum ersten Mal verstand ich, dass nichts Besonderes von ihnen ausging. Sie waren nicht einmal Individuen, ganz im Gegenteil: ihr heiligstes Gut, die Individualität, war der Illusion auf ewig entwichen. Mochte sein, dass sie darum so oft und lauthals nach ihr riefen, wie sie es zum Beispiel auch bei entlaufenen Katzen machten. Aber die Individualität führte irgendwo ihr sechstes oder siebtes Leben in Beschaulichkeit. War mit den Heuchlern nicht klargekommen, wollte nicht als Aushängeschild über grauen Gesichtern kleben, die grau blieben, so sehr man ihnen auch Farbe zu geben versuchte. Was sie derart grau und fade machte, war ihre tödliche Nichtigkeit. Denn was bedeutete schon ein Menschenleben?

Indessen verkrampftet ihr euch an den Dingen, wolltet immer den Augenblick genauer besehen. Machtet euch hübsch, um auf der Straße bewundert zu werden, sondiertet die Menschen nach ihrem Einfluss, vergnügtet euch, wo ihr konntet, gackertet mir in die Ohren, schimpftet über alles, nur um euch selbst ertragen zu können. Erbärmlich. Aber ich schämte mich zugleich, war ich doch einer von euch.

So lief ich dahin und glaubte, euch schon zu kennen. Aber alles hat seine Zeit. Und jetzt war es Zeit zu lügen: Lika entstieg dem Zug und atmete in meinen Armen. Ich nahm meine Rolle an und lächelte aufs Stichwort. „Schön dich zu sehen", sagte ich.

Und Lika: „Hast du meinen Brief bekommen?"

„Ich dachte, wir sehen gemeinsam nach", entgegnete ich ohne Zögern, obwohl ich ihre Zeilen zum zweiten Mal vergessen hatte.

„Warum?"

„Damit du in meinem Gesicht lesen kannst, wie sehr ich mich freue."

„Ach Layamon, immer hast du so hübsche Ausreden parat, dass ich dir gar nicht böse sein kann."

„Aber es ist doch keine…" Sie küsste mich und einen kurzen Augenblick lang dachte ich wieder anders von ihr. Dann nahm ich ihre Hand und stolzierte aus dem Bahnhof, als wollte ich mir zeigen: „Schau her, hier ist die Nächste, die mich liebt. Und so geht es weiter, weiter, weiter."

Auf den Feldern eines reichen Mannes stand eine gute Ernte. Da überlegte er hin und her: „Was soll ich tun? Ich weiß nicht, wo ich meine Ernte unterbringen soll." Schließlich sagte er: „So will ich es machen: ich werde meine Scheunen abreißen und größere bauen. Dort werde ich mein ganzes Getreide und meine Vorräte unterbringen. Dann kann ich zu mir selber sagen: nun hast du einen großen Vorrat, der für viele Jahre reicht. Ruh dich aus, iss und trink und freu dich des Lebens!"

Da sprach Gott zu ihm: „Du Narr! Noch in dieser Nacht wird man dein Leben von dir zurückfordern. Wem wird dann all das gehören, was du angehäuft hast?"

Lika bemerkte, dass ich aufgeräumt hatte und schob

es ganz richtig, aber unter Annahme des falschen Motivs auf ihren Besuch. Ich ließ sie in dem Glauben. Im Brief, über dessen Auffinden ich mich übermäßig gefreut hatte, was sie zu einem sanften Stoß mit dem Ellbogen veranlasste, las ich, wie sehr sie mich vermisste und so weiter.

„Ich hab mal eine Fliege gefangen, in ein umgedrehtes Glas gesperrt und beim Sterben beobachtet. Es hat auch nicht lange gedauert, denn sie wehrte sich, ist hin und her gesurrt, bis sie tot auf ihre Flügel fiel."

Das dachte ich und sagte: „Ich habe dir auch einen Brief geschrieben."

„Wann?"

„Ich habe ihn heut Morgen eingeworfen. Aber das Beste ist, dass dieser Satz hier: Wenn ich allein bin, dann scheint die Zeit nicht zu vergehen, bei mir auch genauso drinsteht."

Das irritierte Lika und sie bemerkte kurz: „Schön."

Dann ging sie unaufgefordert dazu über, mir ihre letzten Erlebnisse zu schildern.

Später aßen wir zusammen und leise Musik schwebte durch den Raum, ohne Halt zu finden. Lika war ungemein fröhlich und lachte oft. Es war eine angenehme Atmosphäre und ich fühlte mich zwar nicht geborgen, aber erinnerte mich an dieses Gefühl. Während es draußen langsam dunkel wurde, wechselte meine Laune erneut, dass es mich seltsam überkam und ich das Bedürfnis verspürte, Lika ein wenig auch in meine Erlebnisse einzuweihen: „Als ich vorgestern erwachte, habe ich mich im Spiegel angesehen und zwar zum ersten Mal direkt in die Augen. Es war, als würde ich in mich hineinfallen, bis ich plötzlich gegen eine Mauer aus Finsternis stieß. Nach einem kurzen Moment erkannte ich, dass ich vor meinem eigenen Tod stand. Und ich sah, dass das alles ist, was mich ausmacht: mein Leben ist bloß ein Sterben und damit völlig sinnlos. Ich verstand, dass alle anderen Gedanken und Handlungen nur dazu da sind, um mich davon abzulenken. Ich zerbrach an dieser Mauer in mir. War völlig schockiert und lief hinterher wie betäubt durch die Straßen. Erst die vielen Leute an der Uni rissen mich wieder heraus. Und ich hatte mit einem Mal ein riesiges Verlangen nach dem Leben. Kannst du das verstehen?"

Leider verstand sie es nicht, obwohl ich mir die Worte genau überlegt und mit großer Achtsamkeit ausgesprochen hatte. Sie meinte bloß leichthin, es sei gruselig, so was zu sagen, und ich stelle ja komische Dinge an, wenn sie nicht da sei. Endlich stand sie sogar auf und ging ins Bad. Ich machte keinen Versuch, sie zurückzuhalten, dachte nichts, starb. Sie sah in den Spiegel, kam zurück und unterrichtete mich davon, dass sie nichts entdeckt habe. Ich lächelte und schwieg.

Lächerlich langsam schlenderte die Zeit über die Felder am Stadtrand. Sie sammelte Blumen für ihre Verehrer. Ein Sträußchen für dich und eines für dich. Lika und mich aber ließ sie sitzen, vergaß uns ganz im Schweigen der Musik. Erst nach hundert Blicken und tausend Atemzügen kam sie zurück und mit ihr Likas Sprache: „Layamon, ich mache mir Sorgen um dich. Wenn du deine grüblerische Phase hast, kann ich einfach nicht mithalten. Dann versteh ich dich nicht und hab das Gefühl, du würdest irgendwo ganz weit weg sein. Ich meine, es ist sehr schön, mit dir über Vieles nachzudenken, aber manchmal gehst du, glaub ich, zu weit und vergisst völlig die Realität. Und mich auch. Und hinterher bist du wie ausgewechselt, wahrscheinlich weil du merkst, dass ich ganz anders denke. Dann gibst du es auf, mich einzubeziehen, und machst vielleicht in deinem Kopf allein weiter. Aber auf diese Weise sind wir nicht mehr beieinander, obwohl wir nebeneinandersitzen oder sogar miteinander reden. Ich weiß nicht, was ich machen soll."

Ich erwiderte ihr nichts, gab mir nicht einmal den Anschein, als dächte ich über eine Lösung ihres Problems nach. Denn ich wusste jetzt wieder, dass ich mein Wissen für mich behalten musste.

Am Morgen brachte ich Lika zum Bahnhof und konnte nicht bedauern, dass sie fuhr. Der Abend hatte seltsam auf mich gewirkt: Gleichgültigkeit bemächtigte sich meiner inzwischen in einem solchen Ausmaß, dass ich mich kaum noch als Teil der Welt begreifen konnte. Ich bewegte mich in ihr wie ein Geist, unterschied mich von ihr, als wäre ich aus einem anderen Stoff. Der gleiche Stich, aber ein anderer Faden. Und war euch also endgültig fremd geworden.

Carpe diem, mein Kind, carpe diem.

Beim Schreiben der Zeilen wird mir klar, dass ich damals zu einem Unmenschen geworden bin. Für mich besteht die Welt nur noch aus Objekten, die es anzuordnen, zu benutzen gilt. Und dabei besitzen die Objekte selbst keinen Wert. Ich spiele eine Partie Schach gegen den gefährlichsten aller Gegner. Aber auch: ich spiele um mich, ich bin zum Einsatz geworden. Der Verlust, den ich an mir erleide, lässt mich nach und nach die Menschen verlieren. Meine Sinne liegen brach, begreifen nicht einmal mehr, was Liebe heißt und dass sie mir in so großem Maß zuteil geworden ist.

So verwandelte ich mich zu einem Tier, einem menschlichen Tier. Mehr tot als lebend.

Eines Tages traf ich zufällig vor der Uni einen Freund und trotz meines anfangs fehlenden Interesses entwickelte sich zwischen uns ein Gespräch. Er fragte mich, wie es mir ergangen sei, und ich erinnerte mich, dass sich Gesa einen Christen nannte. Ich ließ auch ihn vorsichtig in das mir Widerfahrene Einblick nehmen – hauptsächlich um ihn zu testen, vielleicht aber auch, weil ich dachte, durch ihn einen Ausweg zu sehen, der mir bislang entgangen war. Aber, als er mir sagte, er könne mich verstehen, wusste ich schon, dass ich ihm nicht weiter zuzuhören bräuchte.

Er erdreistete sich, den Tod einen Schlaf zu nennen, aus dem man eines jüngsten Tages erwache. Ich wurde zornig. Gott, so gab er mir zu verstehen, habe den Tod längst besiegt und ich bräuchte mir darum nicht mehr die Freiheit zu nehmen, nach Ablenkung zu suchen, sondern könne ein Leben führen, das in Ewigkeit nicht ende. All seine Ausreden, Argumente und Herleitungen schienen mir im höchsten Grad böse und wie eine idiotische Verblendung im Angesicht der Wirklichkeit. Es mochte sein, dass ich voreilig reagierte, als ich ihm vorwarf, einen blinden Weg zu gehen. Denn ich dachte, ihn durchschaut zu haben, seine Naivität entlarven zu können. Aber vielleicht gab es doch irgendwo einen Zugang zu seiner ohne Beweis auskommenden Hoffnung und ich konnte ihn nur nicht finden. Sinnlose Hypothesen.

Was mich an Gesas Worten am meisten erboste, war die Ignoranz, mit der er meine Sehnsucht nach Leben als ein Sich-die-Freiheit-Nehmen abtat. Damit erniedrigte er mich und das mochte ich ihm nicht verzeihen. Ich war sehr wütend und als er sich auch noch ganz ruhig zu rechtfertigen begann, überkam mich abgrundtiefer Hass. Ich schlug ihm deshalb einfach ins Gesicht. Die Ohrfeige ließ ihn augenblicklich verstummen und sein Kopf wurde knallrot. Da wendete ich mich eisig von ihm ab und hinkte davon. Doch beruhigen konnte ich mich lange nicht. In meinem Hirn tobte ein Sturm, ein olympischer Zorn über die Torheit der Menschen: „Den Tod tragen wir in uns und bekommen ihn nicht wie eine Krankheit!"

Der Blinde sieht: Nebel schleift über die Erde, erdrückt das bleiche Gras, kriecht auf dich zu, umstellt dich langsam, sacht. Noch ist dein Blick klar, aber er trägt nicht weit, verirrt sich im dichten Schleier. Deine nackten Füße verschwimmen in der Erde, die feucht ist und totenstill. Der Nebel verwischt die Form deiner Beine, streicht über deinen fetten Bauch und springt dir an die Kehle. Küsst die Lider deiner Augen sanft. Dann ist jeder Ton verschluckt und jeder Atem zieht Nebel in deine Brust. Auflösung hoffst du noch, aber der Blinde weiß von einem harten Schlag, der treffen wird, wenn alles still ist.

Die Zeit verging. Und heilte keine Wunden. Weder meine noch Likas. Eines Tages dachte sie, alles würde besser, wenn wir redeten. Und kam wieder zu mir.

Unangekündigt. Denn, wenn du glaubst, einen Menschen genau zu kennen, wird er dich überraschen und dir beweisen, dass jeder nur für sich sprechen kann.

Diesmal hatte ich nicht aufgeräumt und sie fand das Tuch, das Isra am Abend getragen und am Morgen vergessen hatte, weil es warm geworden war. Sie hielt es mir hin und fragte: „Wem gehört das?"

Ich wich ihr aus, indem ich sie bat, die Frage noch einmal zu wiederholen – in der dummen Hoffnung, sie würde es nicht tun. Aber sie tat es, noch immer völlig ahnungslos. Ich konnte ihr kaum vorlügen, dass es einem Freund gehörte. Sie hätte es nicht geglaubt. Also erklärte ich beiläufig: „Das ist Isras Tuch."

„Und wer ist Isra?", wollte Lika natürlich wissen und ich sagte ihr, dass Isra studiere, zwanzig Jahre alt sei und einen Meter neunundsechzig groß. „Im Gegensatz zu uns ist sie bereits verlobt." Aber das waren nicht die Informationen, die Lika interessierten. Also wurde sie nochmals deutlicher: „Ich meine, warum liegt ihr Tuch bei dir?"

„Sie hat es vergessen."

In Likas Augen konnte ich sehen, wie sich eine Schlinge um meinen Hals legte und langsam fester zusammenzog. Sie verstand allmählich. „Jetzt reicht es mir, Layamon. Sag mir endlich, wie du zu dem Tuch kommst!"

„Ich hab Isra vor einiger Zeit kennengelernt", begann

ich gereizt, denn das Gespräch langweilte mich schon, „und gestern hat sie mich besucht. Da wird sie es wohl liegen lassen haben."

„Du willst mir doch nicht erzählen, dass es zuerst so kalt war, dass sie ein Tuch brauchte, und es dann nicht gemerkt hat, als sie noch am gleichen Abend nach Hause ging?"

„Doch Lika, genau das. Was stört dich daran?" Ja, was ging es sie überhaupt an? Ich griff nach dem Tuch, das sie noch immer vorwurfsvoll in die Höhe hielt, erreichte es aber nicht.

„Was mich daran stört? Du willst wissen, was mich daran stört?" Ihre Stimme bebte. „Layamon, läuft zwischen dir und dieser Isra etwas?"

Ich war das Versteckspiel leid: „Ich hab mit ihr geschlafen."

„Was?"

Hatte ich mich in Lika getäuscht? Wieviel Vertrauen musste sie zu mir haben, um der Frage einen so überraschten Ton zu geben, dass ich eher meinen konnte, gerade die falsche Antwort gegeben zu haben und sie würde viel lieber belogen sein? Meine Entfremdung sprach zu mir. Lika unterbrach den Gedanken, war verzweifelt und trat einen Schritt auf mich zu. Überrascht wich ich zurück. „Du schläfst mit einer anderen? Spinnst du, oder was?"

„Lika, beruhige dich!", erklärte ich sinnloserweise,

als gäbe es noch einen, der die Unfehlbarkeit solcher Worte nicht anzweifelte.

„Beruhigen? Ich soll mich..." Sie stockte, brach in Tränen aus, implodierte. Sie konnte nicht mehr weitersprechen, sah mich mit zusammengebissenen Lippen angewidert an und schüttelte den Kopf über meinen Dreist. Ich stand dabei und fand ihre zur Schau gestellte Verletzung widerwärtig im Angesicht meiner Gründe. Schluchzend und unverständliche Worte hervorpressend schlug sie plötzlich auf ihren Kopf ein. Ein paar Mal rief sie so etwas wie: „Warum?" Doch sicher bin ich mir keineswegs, denn in ihrer Hysterie hätte es auch einfach nur babum heißen können. Sie brach zusammen, ich wollte ihr wieder aufhelfen. Da schlug sie unvermittelt auf mich ein, schlug mich fast zu Boden. Ich wehrte mich mit einem Kinnhaken. Sie kippte zur Seite, wimmerte.

Mir ging schrecklich langsam auf, dass etwas Furchtbares geschehen war. Ein plötzlicher Windstoß hatte den Seiltänzer aus dem Gleichgewicht gebracht und den doppelten Boden aus seiner Verankerung gelöst. Die Zuschauermenge hielt erschrocken den Atem an, fürchtete, sich in Luft aufzulösen, wenn er hinabstürzte. Alles stand auf dem Spiel und ich musste wieder eilen, um zu retten, was zu retten war. Also setzte ich mich zu Lika und streichelte ihr übers Haar. Nach einer Weile sah sie zu mir auf und ich bemerkte die Rötung an ihrem Kinn.

„Liebst du mich?", fragte sie leise und mit einem Blick in den Augen, als würde ich ihr die Kehle zudrücken.

„Natürlich", erwiderte ich. „Ich liebe dich. Daran wird sich nie etwas ändern."

„Und liebst du sie?"

„Nein. Ich liebe sie nicht."

„Aber du hast mit ihr geschlafen!"

„Ja." Pause. Mir fiel nichts mehr ein.

„Warum?"

„Keine Ahnung. Wirklich nicht."

„Du weißt es nicht?" Zitternde Lippen, erneuter Zusammenbruch. Ich musste jetzt reden, reden. Aber was? Was, verdammt noch mal, sollte ich ihr sagen? In meinem Kopf war es leerer als in einem Vakuum. Auch für sie war das Sprechen eine Qual. Aber aus einem ganz anderen Grund. Sie schloss die Augen, schluckte den bitteren Schmerz hinunter: „Seit wann?"

„Gestern das einzige Mal."

„Wirst du sie wiedersehen?"

Ich fand keine Worte.

„Bitte", es war unerträglich mitanzusehen, wie sie kämpfte und litt, „Layamon, Layamon", sie lehnte ihren Kopf an meine Seite, tastete wie irr nach meinem Mund, „Layamon, für mich. Bitte, tu es für mich."

„Was soll ich für dich tun?"

„Bitte, triff dich nicht wieder mit ihr!"

Jemand löschte das Licht in mir. Ich versprach ihr, was immer sie hören wollte. Ich fühlte ihre brennenden Tränen und wusste, der Tod pulsierte gleichmäßig hinter den Schläfen.

Aphrodite und Ares gelang es viele Jahre, ihr Verhältnis vor den anderen Göttern geheim zu halten. Aber dann hatte Helios sie gesehen, als sie voller Hohn über den hinkenden Schmied gespottet hatten. Er wollte es zuerst übersehen, wie er es immer tat, wenn irgendwo Unrecht geschah, weil ungeteilte Aufmerksamkeit für seine lichterlohe Inszenierung am Firmament ungleich wichtiger war. Aber dann geriet er ins Grübeln und die Wirkung der Unschärferelation begann, beraubte die Gesetze von Zeit und Raum ihrer Verbindlichkeit. Das Gelächter hatte den Wagenlenker zu einem enormen Fehler verführt, den niemand so schnell vergessen würde. Generationen von Menschen zogen an Helios' geistigem Auge vorüber und sahen zweifelnd zu ihm auf, als befürchteten sie, er könne es sich gleich anders überlegen und vor lauter Faulheit drei Tage im Bett verbringen. Am Ende würde Zeus ihn vielleicht sogar bestrafen! Er fühlte sich in die Enge getrieben und sann auf eine rächende Tat.
Eines Nachts huschte er deshalb in Hephaistos' Schmiede, nahm ihn beiseite und erzählte ihm das Vorgefallene. Ungläubig widersprach das Feuer dem

Licht, doch wer konnte schon ernsthaft an Helios'
Allwissenheit zweifeln? Hephaistos blieb tief verletzt
in seiner Schmiede zurück. Schmerz und Liebe ver-
zehrten ihn gleichermaßen. Und ratlos, was zu tun
war, schmiedete er bis zum frühen Morgen. Dann
zog er einen schimmernden Plan aus den glühenden
Kohlen.

Lika zu beruhigen, war schwer und dauerte die ganze
Nacht. Mehrmals beteuerte ich ihr meine uneinge-
schränkte Liebe und versprach ihr, Isra nicht wieder-
zusehen. Dass sie mich nicht verstand, machte mich
bitter. Dass sie mich nicht verlieren wollte, zärtlich.
Ich trank die Tränen von ihren Augen und die Worte
aus ihrem Mund. Doch änderte sich dadurch nichts.
Dann dachte ich, sie würde, um sicher zu gehen, gar
nicht mehr nach Haus fahren: ihr Vertrauen zu mir
war vermutlich Vergangenheit. Mit durchdringenden,
forschenden Blicken sah sie mich die ganze Zeit an,
dass mir noch unwohler wurde in ihrer Gegenwart.
Gezwungen, still zu halten wie eine Mikrobe unterm
Okular, reagierte ich launisch und redete kaum.
Erst spät am Morgen sagte sie: „Layamon, ich muss
nach Haus fahren." Ich atmete innerlich auf. „Aber
heute Abend käme ich gern zurück."
„Natürlich." Darf man einen Menschen so sehr lieben, dass er nicht mehr frei ist, um zu handeln, wie

es ihm allein richtig erscheint? Mein Versprechen war diesem Zwang geschuldet. Wollte sie seine Einlösung auf die gleiche Art erkämpfen?

Ich verspürte kein Verlangen, Lika wie sonst zum Bahnhof zu bringen. Deshalb sagte ich ihr, dass ich zu einem Seminar an die Uni müsse. Sie nickte, aber ihr Blick widersprach der Geste. Also brachte ich sie doch. Auf dem Weg kippte meine Wut rückwärts vom Hügel der nichtigen Diskussionen und hinterließ die längst vertraute Leere.

Isra fand ich in einer Vorlesung. Ich setzte mich neben sie, erklärte ihr aber nicht, was geschehen war. Ihre Augen hingen trotzdem an meinen Lippen und als ich endlich lächelte, küsste sie mich: „Möchtest du sehen, wo ich wohne?"

Seit wir uns kannten, gingen wir immer zu mir. Denn das war der einzig mögliche Ort für unser Geheimnis. Deshalb fragte ich überrascht: „Ist David nicht da?"

„Er besucht seine Eltern und bleibt über Nacht."

Vielleicht wollte sie die Gelegenheit nutzen und etwas Unsichtbares, eine Erinnerung vielleicht in die Räume ihrer verplanten Zukunft pflanzen. Also fragte ich nicht weiter. Wir standen auf und gingen Hand in Hand.

Die Wohnung war klein und nur mit dem Nötigsten eingerichtet. Ich bemerkte sofort, dass hier jemand für die Zukunft sparte. Jemand, der hoch hinauswollte und für den es neben dem Schmerz auch Schande bedeuten musste, von seiner Verlobten betrogen zu werden. Im Schlafzimmer befanden sich außer einem Schrank von der Größe, die ein Single braucht, nur zwei Einzelbetten, die an gegenüberliegenden Wänden aufgestellt waren.

Zwischen ihnen liebte mich Isra wie eine Ausgehungerte. Verschlang jeden Teil meines Körpers wie ein Wolf sein Opfer. Es waren seltene Stunden und es fiel mir danach überraschend schwer, wieder zu gehen. Denn inzwischen kamen mir Gedanken, die es besser wissen wollten, nur noch selten in den Sinn. Isra war mir wichtiger geworden, als ich es für möglich gehalten hatte. Sie besaß die Fähigkeit, mich alles vergessen zu lassen, mich ganz auszufüllen, bis ich nichts mehr brauchte. „Wenn ich falle, dann aus Isras Armen", dachte ich seltsamerweise und glaubte nicht, dass es je wieder anders sein würde. Wir waren uns unendlich vertraut. Sogar, wenn sie nicht bei mir war, fühlte ich noch ihre Nähe, atmete ich ihren Duft: so blüht das Gras unter Bäumen im Schatten. Wir verabschiedeten uns mit einem zärtlichen Kuss und einer Verabredung für den darauffolgenden Tag. Mir war zum Singen zumute.

Es war einmal ein König, der sandte Boten aus ins Land und ließ das Volk befragen. Denn er war alt und es ging ans Sterben. Da wollte er wissen, was mit den Kranken und Toten geschieht und in welchem Land zu sterben am besten wäre. Also sprach er zu den Boten: „Hört! Ihr sollt reiten auf den schnellsten Pferden und euch keine Ruhe gönnen bei Tag nicht und bei Nacht. Alle Länder sollt ihr durchforschen, selbst das geringste Dorf soll euch dabei nicht entgehen. Und fragt, wen ihr trefft, wie man es mit dem Ende eines Mannes hält. Fragt sie, wie man stirbt, und merkt es euch gut! Dann gebt ihnen Geld und seid selbst ganz ohne Sorgen. Denn reich will ich euch belohnen! Und wenn ihr nichts gescheut, aber alles nach meinem Wunsch erfüllt habt, so kehrt wieder heim und berichtet mir!" Und er reichte einem jeden einen Beutel voller Gold. Und er sah ihnen nach, bis sie verschwanden hinter Bergen, hinter großen Wäldern, hinter Wolken gar.

Nach Jahren kehrten die Boten zurück. Und der erste Bote sprach: „Herr, ich fand viel Trübsal unter den Kranken. Wo immer ich auch war, man fürchtete die Leiden schon im Voraus und schluckte Medizin. Und wen es doch traf, der wurde in Bettenhäusern gelagert, bis er seinen Kampf gewann oder verlor. Jeder Mann auf der Welt hat mir mit ernstem Blick gesagt, dass Kranksein eine Strafe ist."

Und der zweite Bote sprach: „Herr, ich fand viel Trauer unter den Alten. Wo immer ich klopfte, wollte man nicht erinnert werden, dass es das Altern gibt, weil es die Menschenmacht nicht ändern kann. Die Ältesten lebten deshalb versteckt hinter schweren Türen. Und jeder Mann auf dieser Welt hat mir mit müdem Blick gesagt, dass Altsein eine Strafe ist."

Der dritte Bote sprach: „Herr, ich fand nur Qual, als ich nach den Toten suchte. Wo immer ich auch war, ich musste lange bitten, bis man mir graue Plätze wies. Ich kletterte über hohe Mauern und stieg hinab ins Totenreich. Da sah ich es an jedem Grab und jedem Stein, dass Totsein noch das Schlimmste ist."

Der König sprach: „Hier ist mein Gold, nehmt hin, was ich an Reichtum hab! Labt euch dran, wenn ihr noch wollt. Ich brauch es alles doch nicht mehr. Nur eines: kommt her zu mir und haltet meine Hand! Redet mir die Ängste aus und kühlt meine Stirn! Ich will nicht sterben, krank sein, alt, wie all die andern Menschen."

Und alle Boten sprachen rasch: –
Doch war nichts mehr zu verstehen.

In meiner halb eingerichteten Wohnung war kein Raum für Freude und Singen. Sie machten beim Anblick der Kartons kehrt und ließen mich zurück. Die Kartons redeten seltsame Dinge: „Hast du nichts zu tun? Musst du nicht wenigstens studieren?"

„Pah! Nicht mit mir, nicht mehr!"

„Weil es keinen Sinn mehr hat?"

„Ja, genau."

„Ist es sinnvoller, Lika und Isra zu betrügen?"

Ich schwieg.

„Wenn das deine Verteidigung ist, bleibt nicht viel. Du drehst dich nur um dich und alles andere ist dir egal. Dabei müsstest du doch verstehen, dass deine Wahlblindheit zu nichts führt. Du bist nur stur geworden und merkst nicht, dass du dadurch schneller an das Ende stößt."

„Wahlblindheit? Woher wollt ihr das wissen? Ich hab es satt!"

„Warum machst du dann weiter?"

„Ich hab keine Wahl. Ich würde nicht entkommen. Außer... Isra rettet mich."

„Dann lass Lika gehen!"

„Ich...", sah Lika vor mir, sah sie weinen. Doch so nah ich ihr auch in Gedanken kam, blieb sie so weit entfernt, dass ich sie nicht einmal hören konnte. Wenn sie ihre Arme ausstreckte, konnte ich nur vermuten, dass ich gemeint war. Isra stand dagegen immer neben mir. Sie konnte ich berühren, auch wenn Ozeane uns trennten.

Ich wischte das Bild beiseite. Denn mich überkam das Gefühl, dass noch jemand anwesend war und wie ein Nebel meinen geheimen Garten überschaute. Dann wie eine schwarze Nacht, schattenhaft, silhouettengleich. Ich spulte den Film in meinem Kopf rückwärts, vorwärts, schneller und schneller. Und was ich sah, das fesselte mich. Panik wuchs in meinem Schädel. Der Schatten bekam eine Hand, eine seltsame Hand, die am Fuß meines Bettes ruhte, dann allmählich zu meinen Beinen aufwärts schwebte, drohend über meine Wade schnitt, dann über mein Knie. Der fremden Hand wuchs ein Arm. Schließlich erfror das Bild zu eisiger Starre. Ich stierte wie gebannt darauf, aber nichts geschah. Klick, klack. Klick, klack.

Plötzlich wuchtete die Hand aus dem Bild, ballte sich blitzschnell zu einer Faust und hob an zum Schlag nach meinem Körper. Ich schrie auf, das Bild verschwand. Ich stand im Zimmer und keuchte, als hätte jemand meine Kehle zugeschnürt und erst jetzt den Griff gelöst. „Immer wieder, immer wieder! Wann wird es vorüber sein?"

Ich bin des kalten Todes, / der Menschen frisst wie Vieh. / Er führte mich zur Schlachtbank / und höhnte, als ich schrie. / Wie schwarze Bleigeschosse / traf mich der Folter Pein. / Der Leib, aufs Blut geschändet, / brennt auf des Schnitters Schrein. / Geköpft und dann zerrissen. / Gelächter nahm mein Ohr / mit in des Grabes Dunkel, / wo ich mein Hirn verlor. / Der Tod und die Dämonen / vollführten einen Tanz / und spielten sich ein Liedchen / auf meiner Zähne Kranz.

Die Bilder trieben mich auf die Straße. Es war unmöglich, in meiner Wohnung zu bleiben. Fort war der einzige Weg. Ich hätte so gern geweint, so gern das Richtige getan. Doch, wie ich mich auch mühte, es fielen keine Tränen. Stattdessen nahm ich Zuflucht zum Zorn und schlug wütend auf irgendeine Hausmauer ein. Lang und hart bis meine Hände bluteten. Da hatte ich noch einmal Zeit gewonnen und Erschöpfung kehrte heim, schwieg, als wäre nichts geschehen. In mir war es leer und öde. Aller Kraft benommen, ausgebrannt wie eine bombardierte Stadt, war ich auch mir selbst entfremdet worden. Verlust jeden Willens nach Identität, Verlust jeden Sinns für ein eigenes Ich.

Sinnlose Hypothesen.

Apathisch, mit blutverklebten Händen und hängenden Armen hinkte ich nach Haus. Sie erwartete mich. Lika, wer sonst? Sie kam auf ihrer kleinen Stimme zu mir gelaufen: „Layamon? Was hast du gemacht?" Keine Antwort beruhigte sie. Wie einen Schwerverletzten führte sie mich und vermochte dasselbe nicht mit dem Menschen in mir. Oben verlangte sie, ich solle mich aufs Bett legen, aber ich wehrte mich aus Furcht vor dem Schatten, flüchtete in die Küche. Dort wusch Lika meine Hände mit einem Lappen und verband sie mit Taschentüchern, weil ich kein Verbandszeug hatte. Sie wollte noch in die nächste Apotheke laufen, doch hielt ich sie zurück und sagte ihr, dass es so schon ausreichen würde. Sie durfte mich nicht allein lassen!

Sie pfählten meinen Schädel / und traten auf mein Herz, / sie blendeten mit Feuer / und trösteten mit Schmerz, / sie kürzten meine Zunge / gemächlich Stück für Stück / und schoben mir die Reste / in meinen Hals zurück. / Sie weideten sich höllisch / an dem, was ich einst war. / Zum Schluss bekam die Knochen / der Schlächter Lieblingsnarr, / der flocht sie in die Haare. / Nun klappern sie im Wind, / erinnern die Dämonen, / wie mächtig sie doch sind.

Lika kümmerte sich um mich. Hielt meinen Kopf, hielt meinen Rücken, hielt aus. Beim Abendbrot öffnete sie eine Flasche Wein. Und immer wieder fragte sie, ob es mir besser gehe, ob ich vielleicht etwas bräuchte. Der Wein ermüdete mich, füllte mich mit Wärme an. Schwer wie ein Stein rollte ich Likas leichten Worten davon.
„Bist du wieder woanders und lässt mich allein? Warum willst du mir nicht sagen, was passiert ist?"
„Es ist schön, dass du dich um mich kümmerst." Die Buchstaben schleppten Sätze. „Es tut mir wirklich gut."
„Layamon, ich habe dich etwas gefragt."

„Nicht jetzt."

„Doch", beharrte sie. „Wann soll ich dich denn sonst danach fragen? Immer weichst du mir aus. Hinterher deine Hände zu verbinden, dazu bin ich gut genug, aber..."

Hinterher.

„Lika! Kannst du nicht verstehen, dass es Dinge gibt, über die ich nicht mit dir reden kann?"

Tränen standen in ihren Augen: „Ich liebe dich doch!"

Und aus dem Unterschenkel / hat sich der Narr gemacht / 'ne Flöte, um zu spielen / in jeder Vollmondnacht / das gleiche kleine Liedchen, / das ich einst für dich schrieb, / in dem es heißt: „Mein Engel, / ich habe dich so lieb."

„Ist es dir noch wichtig, was ich denke und fühle? Seit dieser Isra bist du völlig verändert. Liebst du mich nicht mehr, Layamon? Rede mit mir! Bedeute ich dir noch etwas?"

„Es ist genug!", erhob ich mich wie ein Fels aus dem Meer. „Ständig meckerst du. Mal sag ich zu viel, mal sag ich zu wenig. Und wenn ich ein Problem hab, heißt es, mir wäre alles egal. Glaubst du, mir macht es Spaß, hier mit diesen Taschentüchern an den Händen zu sitzen und kaum das Glas halten zu können? Kannst du dir vorstellen, dass es mir wehtut? Immer nur du, du, du. Du kannst mich mal!" Und ich stand auf, warf die Taschentücher weg – brennende Wunden – und ging.

„Wenn du ein Problem hast, kannst du doch mit mir darüber reden." Lika kam hinterher. „Es tut mir leid."

Ich öffnete die Tür.

„Hörst du, es tut mir leid."

Ich trat hinaus.

„Bitte, geh jetzt nicht!"

Ich schloss die Tür.

Ich wusste genau, dass sie hinter der verschlossenen Tür zusammensinken würde. Aber es war jetzt unmöglich, bei ihr zu sein. Ich lief eine schweigsame Straße entlang und bekam sie nicht aus dem Kopf. Lika saß da und weinte und jammerte: nein, wir gehörten nicht mehr zueinander.

Der Blinde sieht den Nebel nicht. Es brennt in seinen Schädelhöhlen. Dahinter weiß er Gräber. Kreuze aus Stein und Holz. Du stehst auf einem Friedhof neben ihm und denkst keine Worte mehr. Da lacht er dich an und spricht: „Friedhof heißt Taubendreck. Komm und iss von meinem Baum. Viele Bilder sollst du finden im Delirium der Knochen." Und du gehst auf schweigsamen Wegen. Kein Mensch war hier vor dir. Alles wächst erst durch dich. Zukunft schwingt voran und hinten, hinten weint Vergangenheit.

Ich lege den Stift beiseite. Die Hand schmerzt und die Zigaretten sind aufgeraucht. Ich gehe neue holen. Mache einen langen Spaziergang. Mir ist danach, einfach weiterzulaufen, nicht stehen zu bleiben. Zuerst die Straßen entlang, dann durch irgendeinen Park. Als meine Füße müde werden, ruhe ich mich kurz auf einer Bank aus. Dann weiter, immer weiter. Langsam fühle ich, es ist wie eine Befreiung: ich kann allem den Rücken kehren, alles vergessen im großen Vergessen. Dann erinnere ich mich meiner Beine und sage ihnen: „Es ist noch nicht die Zeit."

Sie kehren um. Ich hinke den Weg. War weit entfernt. Komme wieder. Sitze vor wenigen Blättern, die ich noch füllen muss. Quäle mich. Seit langer Zeit weiß ich, was geschieht. Und wenn ich auch nicht weiterwill, so zwingt er mich doch an ein Ende. Und wenn ich auch zur Seite will, in einem Graben nur zu schlafen, so stößt der Schwarze mich zurecht, zurück. Ich würde gern liegen. Nicht mehr hinken, das ist mein Wunsch.

Dann zeigt mir der Tod ein Bild. Lockert noch einmal den Griff, dass ich ein bisschen länger sterbe: er kommt mit vielen Schmerzen, wartet leise, wo Zukunft deinen Weg verlässt. Da ist kein Friede. Da ist ein Kampf. Da ist ein Aufschrei, ein Zittern und Zähneklappern.

Als ich wieder nach Hause kam, stand Lika sofort neben mir. Nahm mir den Schlüssel aus der Hand und wartete, bis ich meine Schuhe ausgezogen hatte. Sie umarmte mich und drückte ihr Gesicht fest an meinen Hals. Ich wehrte mich, doch sie ließ nicht los. Dann fühlte ich ihre Tränen. Wir standen da und die Tränen rannen an meinem Körper herab, ritzten Wunden in mein Fleisch. Sie brannten aus Liebe, aus Liebe zu einem Toten. Die Liebe einer Sterbenden. Sie brannten heiß, weil der Schmerz groß ist, wenn man jung ist, mein Kind. Und sie brannten, weil sie wusste, dass ich zu einem Stein geworden war. Zu schwer, um von ihren kleinen Händen bewegt zu werden. Als sie meine Lippen suchte und nicht fand, gab sie endlich nach und ließ mich frei.
Und als sie ihre Sachen nahm, stand ich noch immer reglos im Flur. Mein ganzer Körper brannte rote Glut. Sie hatte sich von mir gelöst.
Und schloss die Tür.

Hephaistos' Plan war nicht originell, aber erprobt: er schmiedete eine Falle und schob sie unter Ares' Bett. Dann wartete er drei Tage und Nächte, bevor er den Olymp wieder betrat, seine Schritte fest und entschlossen: fast schien es, als hätte er sein Hinken verloren. In seinen Mundwinkeln aber zuckte die Angst. Vor der letzten Tür hielt er noch einmal inne – hoffend, dass alles nur ein Albtraum wäre.

Was er dann erblickte, veränderte den Ausdruck seines Gesichts. Das Zucken erstarb, gefolgt vom Hämmern des Herzens. Auf dem Bett lagen nackt und eng aneinander gekettet Ares und Aphrodite. Nur lächelten sie nicht, sahen furchtsam und beschämt hinüber zu dem, der in Stücke zersprang. Ares erhob das Wort, doch der Schmied vernahm es nicht. Groteske Szenerie. Grotesk und elend.

Sie hatte ihn also verraten, hatte ihm das Herz entrissen und der Lächerlichkeit eines jungen Ochsen vor die Hörner geworfen. Alles hatte er ihr sein wollen und nichts hatte sie sich aus ihm gemacht. Das brach hervor und er weinte jämmerlich, schrie und schrie. Er schrie gegen sich, gegen seine Gestalt, sein Wesen, seinen Fuß. Seine starken Hände hatten den Schlag einer Frau nicht wehren können. Er besah seine Pranken und konnte es nicht verstehen.

Von dem Toben angelockt erschienen die anderen Götter. Sie drängten sich dicht in den Raum und um das Bett. Lüsterne Blicke hefteten sich auf die Ertappten. Und Hephaistos verstand, dass in Wahrheit er der Bloßgestellte war. Heras Hände öffneten vor seinen tränenblinden Augen das eiserne Schloss, befreiten die Gleichgesinnten unter verhaltenem Jubel. Der Verworfene und die Schönen.

Dann liefen sie alle lachend davon.
In der Stille fiel eine Träne, die Träne eines Gottes.
Bitteres Wasser. Mit ihr fiel der Gott. Und was blieb,
war nichts als Schweigen.

Die Kälte legte ihren Arm um meine Hüfte, fuhr mit
nadelspitzen Fingern die Wunden nach. Ich hörte ihr
Kratzen auf meiner marmornen Haut. Das Schlagen
der Tür, als Lika gegangen war, dröhnte noch in meinen Ohren. Und alles, was mich aufrecht hielt, war
der Blick, der mich an die Türklinke band. Endlich
gab es kein Hinken mehr, keinen einzigen Schritt,
denn der Weg war gegangen. Ich war ihm ein Leben
lang gefolgt: erst staunend und spielend, dann stolpernd und fallend, müde und schreiend zum Schluss.
(Es sind keine Kreuzungen, es ist kein Wenden und es
ist keine Ewigkeit.)
Am Morgen fuhr ich zu Isras Wohnung. Klingelte, aber
niemand meldete sich. Also wartete ich. Währenddessen riss die Sonne die Straße auf und ich rauchte eine
Zigarette nach der anderen. In meinem Kopf kamen
Isra und David Hand in Hand auf mich zugelaufen
und fanden ein Gerippe auf der Bank. Es grinste.
Dann verlor ich die Geduld, befreite mich von diesem
Ort und lief langsam zurück. Das erste Mal seit
Wochen gab es nichts mehr zu tun. Die Gesichter zo-
gen geisterhaft an mir vorüber. Entsetzen ergriff mich

auf den großen Plätzen der Stadt und ich ging Umwege. Irrwege. Alle Wege haben ein Ziel. Was liefen meine Beine so schnell, was raste das Herz in meinem Leib? So viel Zeit und keiner da, um sie zu füllen.

Augenblicke später saß ich in meiner Wohnung. Meine Hände fuhren unruhig durch die Luft, zerwühlten die Erinnerung. Ich nahm das Buch von Hermlin und versuchte zu lesen:

...es gab so viel Steckbriefe in diesem Land und zu dieser Zeit; die Leute sahen kaum noch hin... er dachte das und noch anderes, nur um nicht an das Eigentliche denken zu müssen... er selbst auf der Stuhlkante, alles, nur nicht die Nacht, die ohne Laut vor dem Fenster stand... in welche Existenz war er da eingetreten, welches Schicksal war ihm hier auferlegt worden... in ihm war eingezeichnet die Furcht, die Entfremdung, die Vereinsamung... dabei wurde er das Gefühl einer bitteren Vergeblichkeit nicht los... und er erschrak kaum darüber, dass seine Lungen sich mit ihr abfanden... manchmal gar nicht verstand, musste er versuchen, aufrecht zu bleiben inmitten von Wänden auch... was sie zu verteidigen hatte... und ihn auf den Boden warf...

Doch meine Konzentration spielte Versteck. Auf und ab suchte ich sie im Zimmer. Unterdessen schwebte die Welt vorbei, schwamm im Vakuum. Endlich ging ich wieder hinaus, wieder hin zu Isras Wohnung. „Wir waren doch verabredet", dachte ich. Klingeln. Warten. Klingeln. Da erklang Isras rettende Stimme in der Sprechanlage.

„Ich bin es: Layamon."

„Du? Warte, ich komm runter." Das Klicken beendete den Satz. Als sie erschien, strahlte ich ihr mit offenen Armen entgegen und faselte von Sehnsucht und elend einsamen Stunden. Sie schien nicht gleich zu verstehen, wich mir aus, schwieg.

„Isra, was ist los mit dir? Bist du mir böse?"

„Warum kommst du hierher? David ist oben und wartet."

„Und ich warte hier unten. Was interessiert dich mehr?"

„Sag mal, weißt du, wie unfair du bist? Was soll das überhaupt, dass du jetzt noch hierherkommst?"

„Jetzt noch?" Ich war irritiert.

„Ja, jetzt noch. Als wenn du nicht wüsstest, was los ist."

„Ich hab keine Ahnung, was..."

„Hör doch auf!" Sie schloss ihre himmelblauen Augen. „Es tut weh."

„Was tut weh?" Ich wollte sie umarmen, aber sie wehrte die Berührung ab. „Isra, was soll ich denn tun?"

„Nichts, Layamon. Nichts mehr. Es ist aus."

„Was? Aus?"

„Ja, es ist vorbei."

„Aber warum?"

„Weil du mich nicht liebst."

„Isra? Ich liebe dich!"

„Nein", sie sprach es fest und schüttelte den Kopf.

„Doch! Wieso denn nicht?"

„Weil du Lika liebst."

„Was?" Ich war überrascht. „Ich liebe sie nicht."

„Lügner!"

„Woher willst du das wissen?"

„Sie war hier und hat es mir erzählt."

„Wer?"

„Lika." Ich starrte auf das Wort, das in der Luft hängen blieb. „Sie war gestern Nachmittag hier und hat mir alles erzählt von eurer so wahnsinnig großen Liebe. Und dass ich nur ein Zeitvertreib für dich bin, solang sie nicht da ist. Ich solle mir nur nichts darauf einbilden, hat sie gemeint."

„Es ist doch völlig egal, was sie erzählt."

„Nein, finde ich nicht. Denn wenn..."

„Das hat doch nichts mir dir zu tun."

„Geh! Geh jetzt! Lass mich allein!"

„Isra!"

„Nein. Ich habe dich geliebt. Habe mich geschämt, wenn ich da oben neben David liegend doch aus Mü-

digkeit einschlief. Bin erschrocken, wenn er mich mal
berührte, und hab mir für ihn Ausreden ausgedacht,
damit er's nicht wieder tat. Denn ich dachte ja immer,
es ginge dir nicht anders. Sonst hätte ich's nicht aus-
gehalten. Wie konntest du mir das mit Lika antun?"
„Ich..."
Da öffnete sich die Tür ein zweites Mal und David trat
groß und stolz zwischen uns. Er sah in Isras silberne
Augen, dann auf mich. „Ist er das?", fragte er kalt.
Sie nickte und einen Herzschlag später grub sich seine
Faust in meinen Magen. Ich beugte mich über seinen
Arm und nahm einen weiteren Schlag in Empfang.
Taumelte rückwärts und erblickte im Niedersinken
Isra, die leise im Hausflur verschwand. Nachstürzend
erhielt ich einen Schlag auf den Kopf, dass ich wieder zu Boden fiel: zwei antike Gladiatoren im Kampf
auf Leben und Tod, doch Cäsars Nicken hatte längst
entschieden. Da weinte ich tatsächlich (Oder war es
Blut?) und ich schrie ihren Namen. Aber die Töne er-
tranken im höhnischen Lachen des siegreichen Verlobten.
Als auch er gegangen war, blieb ich wie benommen
auf der Straße liegen. Nicht, weil er so kräftig oder
weil er überhaupt zugeschlagen hatte – kein noch so
fester Hieb hätte das vollbringen können. Sondern,
weil mich Isra von sich stieß. Aber hing ich denn
wirklich so sehr an ihr? Fühlte ich so viel für sie? Er-

neut kroch ich in Richtung Tür. Mein Blick irrte der Hand nach, die nicht meine zu sein schien, sah zu, wie sie abermals die Klingel drückte. David meldete sich und drohte mit neuen Schlägen. Ich flüsterte Isras Namen, flüsterte so laut und eindringlich ich konnte. Aber sie hörte es nicht und er hängte barsch ein.

Es dauerte eine Weile, bis ich klarer denken konnte. Langsam stieg ein Bild in mir auf: Lika, lächelnd. Sie war hier gewesen, war gar nicht nach Haus gefahren, hatte mich verfolgt, um herauszufinden, wo Isra wohnte, hatte kaltblütig alles vernichtet, was mir in meinem Sterben noch wichtig war, trug allein die Schuld an dem Geschehenen, hatte die Fäuste geführt, die mich blutig zurückließen, musste bestraft werden: mit Hass bestraft!

Bestraft.

Die Leute wichen meinem Hinken aus: sie wussten nichts von meinem Schmerz, begriffen nicht, wieviel ich verloren hatte. Der Tod hatte einen Stein in den Himmel geworfen, dass es donnerte. Und ich habe ihn aufgefangen. Das ist geschehen. (Du willst wissen, warum es nicht weiterging, warum es vorüber war? Und der König sprach: „Ich will nicht sterben, krank sein, alt, wie all die andern Menschen.")

Man fand die Besonderheit des Einzelnen am bewegungslosen Ich. Man sah, dass alle Handlung nichts ist als Illusion. Man verstand das Stillestehen als Objekt der Einwirkung eines notwendigen Endes. Eines Endes, das immer gleich und immer einzig ist. Man lernte, wie sich alles verhielt, verglich die Daten ein letztes Mal und schloss das Buch der Einsamkeit für immer. Der Proband aber dachte, es sei spät geworden und der Schnee habe die blutigen Reste nicht zu kühlen vermocht.

Noch am gleichen Abend bin ich zu Lika gefahren. Ich bat sie, mit mir zu reden, und sie öffnete tatsächlich, ängstlich, scheu. Da habe ich sie geschlagen. Ich war eine eiserne Kugel, ein Geschoss. Zu nichts anderem geschaffen, als einzuschlagen. Ich schrie und sie schrie auch. Ich fühlte, wie ihr kleiner Körper jedem meiner Schläge nachgab, hörte ihre Knochen bersten und freute mich und lachte. Da war es noch, als wäre jeder Schlag Zärtlichkeit. Dann stürzte ihr Vater auf mich und ihre Mutter rief einen Krankenwagen.

Ich verwüste meine Wohnung. Werfe die Kisten durcheinander, reiße die Tapete von den Wänden, sinke erschöpft zu Boden. Mein hässliches Leben zerschellt an der Mauer aus Finsternis: es gibt keine Ruhe mehr, ich bestehe nur aus Schmerz. Mein Leib dröhnt wie ein geschlagener Blecheimer. Der Tod hat seine Klauen um mich geschlungen, macht seinen Standpunkt mit aller Gewalt deutlich. Ich falle durch den Algorithmus und bestehe aus einer einfachen Formel. Die Formel heißt: ich habe meinen Grund verloren.

Dann kommt der Tod und hebt mich hoch, stellt mich auf die Beine und wirft mich aus dem Fenster. Unten fängt er mich auf und lacht über meinen leeren Blick. Er legt mich auf die Straße, doch die Autos bremsen zu früh. Und er lacht wieder. Packt mich bei den Haaren und zerrt mich zum Fluss. In hohem Bogen schlägt er mich hinein, drückt mich hinab in das dreckige, das stickige Wasser. Aber auch hier vernehme ich sein Lachen deutlich wie zuvor. Auf dem Weg zu einem Baum, den Strick schon um den Hals gelegt, begegnen wir Isra ein letztes Mal.

Sie lächelt, als hätte sie mich nicht gesehen, spricht mich dann aber doch an und meint, ich sähe grauenvoll aus. Ich frage mich, ob sie wohl den Strick bemerkt. Da stellt sich der Tod hinter sie, schließt seine Augen voller Genuss und bewegt sein knöchernes Becken lüstern vor und zurück. Ich übergebe mich.

Isra ist angewidert, geht aber noch nicht. Erst, als der Tod ungeduldig an meinem Strick zerrt und ich sie umarmen will, um mich festzuhalten. Da fährt ihr der Schrecken in die Beine und treibt sie fort. Ich folge ihr mit meinen Augen: „Bist auch du den Weg gegangen?"

Ich sehe sie noch, als ich auf den erstbesten Ast gezogen werde. Aber der Strick reißt unter dem Lachen des Ziehenden und ich falle wie ein Sack zu Boden. Irgendwann hat der Tod sein kleines Spiel über und er lässt mich wieder allein. Er geht und singt: „Hang down your head Tom Dooley, hang down your head and cry. Hang down your head Tom Dooley, poor boy you're bound to die."

Und so sitze ich nun und schreibe: Das ist meine Geschichte.

Später will ich die Seiten in einen Umschlag legen und an Lika senden. Ihr will ich sagen, sie soll es lesen und Isra davon erzählen, damit auch sie erfährt, warum ich einmal – vor all dem – ein Mensch gewesen bin. So wird es gehen vom Einen zum Nächsten: Man soll die Geschichte erzählen und an meiner statt nach dem suchen, was angesichts des unausweichlichen Todes und der Infektion des Lebens mit seiner überwältigenden Sinnlosigkeit noch Bestand haben und dem Dasein Wert verleihen kann.

Und wenn die Räder sich drehen wie jeden Tag und wenn der Tod die Reise meiner Worte nicht mehr aufhalten kann, wird er sich langsam an meinen Schreibtisch setzen und nachdenklich auf den liegengebliebenen Stift blicken. Er wird begreifen, dass der Mensch eines Tages finden wird, was er ihm vorzuenthalten versucht, und er wird seine Macht schwinden fühlen.

Dann bin ich längst vor ihn hingetreten, mehr konnte mir nicht gelingen. Sein Schlag war wütend und fest wie sonst auch. Er fuhr herum und zersprengte mich von innen. Mit aufgerissenen Augen sah ich seinen weiten Mantel fliegen wie einen Schatten, wie eine Mauer aus Finsternis. Gewiss habe ich geschrien und gewürgt und geweint, aber das konnte niemand mehr hören.

Denn was mir bleibt, ist nichts als Schweigen *schweigen*.

Bisher von Wörterleuchten bei BOD erschienen:

Split EP, das Erstlingswerk des Projektes "Wörterleuchten" von Holger Warschkow und Erepheus. Lyrik und Kurzprosa, die unter anderem die Geheimnisse der menschlichen Seele kartographiert, ein klanglich intensives Bild von Land und Meer zeichnet und die Verortung des Einzelnen im alltäglichen Geflecht aus Beziehungen, Schicksalen und Zufällen in zum Teil subtilen Texten aufzeigt.

Die Erzählungen "Irrfahrer" und "Hinter den Masken" vom Autor Erepheus handeln von der immerwährenden Suche nach dem, was man einerseits vermisst und andererseits häufig genug nicht benennen kann, bis man es (oftmals zu spät) findet.

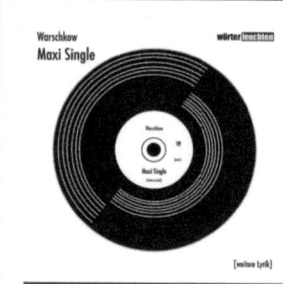

Maxi Single, neue Lyrik von Holger Warschkow, die sich stilistisch vom Debüt abhebt.
Erneut werden die Geheimnisse der menschlichen Seele kartografiert und ein Bild von Land, Meer und Begegnungen gezeichnet – dazu ergänzt um weitere klangliche Intensität und ins Detail gerückten Abstraktionen.

Über den Autor

Erepheus stammt aus dem anhaltischen Wittenberg, entschied sich aber schon früh für seine Wahlheimat Leipzig. Hier war er einige Zeit für das Haus des Buches tätig, übernahm für ein Literaturmagazin die Aufgabe des Lektors und arbeitete in verschiedenen Verlagen. Darüber hinaus brachte er auf Lesungen und Festivals bereits eigene Werke zu Gehör. Die Liebe zu Literatur und Sprache spiegelt sich auch in seinem beruflichen Alltag wider, in dem er seit vielen Jahren als freier Dozent für Deutsch als Fremdsprache wirkt. Seine subtilen Texte sind durch ihre klare Sprache charakterisiert und führen oft in unerwartete Abgründe. Dabei geht es ihm stets um die Verortung des Einzelnen im alltäglichen Geflecht aus Beziehungen, Schicksalen und Zufällen.

Nach Split EP, der gemeinsamen Debüt-Veröffentlichung mit Holger Warschkow, in der er sich der Lyrik und Kurzprosa widmete, sowie nach dem Erzählband Irrfahrer liegt nun mit Layamon sein drittes Buch vor.